Nós, os do Makulusu

VOZES DA ÁFRICA

JOSÉ LUANDINO VIEIRA

Nós, os do Makulusu

kapulana

São Paulo
2019

Copyright © 2004, Editorial Caminho e Luandino Vieira.
Copyright © 2019 Editora Kapulana Ltda. – Brasil

Direção editorial: Rosana M. Weg
Consultoria editorial: Jacqueline Kaczorowski
e Mariana Fujisawa
Projeto gráfico: Daniela Miwa Taira
Capa: Mariana Fujisawa

Dados Internacionais de Catalogação na Publicação (CIP)
(Câmara Brasileira do Livro, SP, Brasil)

Vieira, José Luandino
   Nós, os do Makulusu/ José Luandino Vieira. --
São Paulo: Kapulana, 2019. -- (Série vozes da
África)

   ISBN 978-85-68846-71-1

   1. Ficção angolana (Português) I. Título.
II. Série.

19-27502   CDD-A869.3

Índices para catálogo sistemático:
1. Ficção: Literatura angolana em português   A869.3
Cibele Maria Dias - Bibliotecária - CRB-8/9427

2019
Reprodução proibida (Lei 9.610/98).
Todos os direitos desta edição reservados à Editora Kapulana Ltda.
Rua Henrique Schaumann, 414, 3º andar, CEP 05413-010, São Paulo, SP, Brasil
editora@kapulana.com.br – www.kapulana.com.br

A Kapulana optou por manter a grafia original do texto, respeitando sua relevância histórica, literária e cultural.

09 *Nós, os do Makulusu* – do fundo humano em cada caco
    Jacqueline Kaczorowski

19 **NÓS, OS DO MAKULUSU**

143 Glossário

151 *Nós, os do Makulusu* – a palavra e o *outro*
    Rita Chaves

157 Vida e obra do autor

Nós, os do Makulusu – do fundo humano em cada caco

JACQUELINE KACZOROWSKI

> Tantos pisam este chão que ele talvez
> um dia se humanize. E malaxado,
> embebido da fluida substância de nossos segredos,
> quem sabe a flor que aí se elabora, calcária, sangüínea?
>
> ("Contemplação no banco", Carlos Drummond de Andrade)

Após anos de ausência das livrarias brasileiras, somos finalmente agraciados com uma nova publicação desta obra-prima: *Nós, os do Makulusu*, de José Luandino Vieira. O magro e denso romance angolano impacta desde a primeira frase e, como pode gerar certo estranhamento, nesta edição são apresentados brevemente alguns elementos da narrativa com o objetivo de incentivar o leitor a caminhar por este labirinto refinado. Aquele que o percorrer perceberá seu esforço recompensado por uma obra que, não se rendendo a qualquer didatismo, aposta numa composição cuja elaboração ao mesmo tempo requer e oferece ferramentas para a sofisticação do olhar.

> A edição da Kapulana conta ainda com glossário e notas de rodapé, apresentando traduções das expressões em quimbundo e notas explicativas.

Nestes tempos em que presenciamos atônitos o ressurgimento de uma tendência global à intolerância e aos totalitarismos, dados a maniqueísmos de toda sorte, urge combater o afluxo e recorrer a exercícios de humanização. As redes sociais têm sido um bom exemplo de arena onde algoritmos ensinam a reduzir o outro: ali, via de regra, somos induzidos por certo sentido de urgência a não lhe reservar o direito ao erro, ao diálogo, ou mesmo ao processo de aprendizado, percurso que cada um trilha a seu tempo e que exige paciência. Sob aparente fugacidade, fixamos um momento do outro como dado acabado, interditando, assim, possibilidades de transformação.

Diante de tal cenário, parece senso comum recorrer à sugestão do mergulho na literatura como remédio. A sensibilidade que aciona, o tempo que exige para contemplação, absorção e amadurecimento da apreciação, a identificação com o diferente que demanda e proporciona, a transformação de personagens diante de nossos olhos são algumas das faculdades que caminham na contramão do simplismo que facilmente se transveste em algoz. Recuperando a voz de Antonio Candido, o texto literário "não *corrompe* nem *edifica* (...); mas, trazendo livremente em si o que chamamos o bem e o que chamamos o mal, humaniza em sentido profundo, porque faz viver".

Importa salientar, entretanto, que, apesar de todo o potencial de humanização que a literatura efetivamente comporta, nem sempre é esta a vocação que privilegia. Um exemplo pode ser encontrado na pena de outro grande escritor, o nigeriano Chinua Achebe, quando ensina que o "vasto arsenal de imagens depreciativas da África que foram coletadas para defender o tráfico de escravos e, mais tarde, a colonização, deu ao mundo uma tradição literária que agora, felizmente, está extinta; mas deu também uma maneira particular de olhar (ou melhor, de não olhar) a África e os africanos que, infelizmente, perdura até os dias de hoje".

Vale recordar que, no final do século XIX, após a famigerada Conferência de Berlim, o acirramento das disputas territoriais exigia maior firmeza na ocupação das colônias, levando as metrópoles à criação de uma série de órgãos e mecanismos de controle dos territórios e de suas populações. O contexto angolano não foi exceção. Colonizado por Portugal, cujo império precário não teve a brandura que ainda defendem alguns, foi alvo de uma violência que também se expressou na constituição de um vasto repertório discursivo a serviço da dominação. Os "Concursos de Literatura Colonial" promovidos a partir de 1926 pela Agência Geral das Colônias, com alto investimento financeiro e o objetivo de "intensificar por todos os meios a propaganda das nossas colónias e da obra colonial portuguesa", ilustram bem como a escrita literária passou a exercer função importante nesse quadro.

Ainda que tenha se prestado ao papel de instrumento a serviço da sujeição, a literatura também pôde ser tomada pelo avesso em seu potencial criativo e transformada em "arma que eu conquistei ao outro", como define Manuel Rui, outro escritor angolano. Desde o século XIX é possível identificar, em Angola, manifestações literárias que desafiam o padrão proposto pelo opressor. No século XX já se verifica o desenvolvimento de um projeto literário autônomo, resultado do empenho de uma geração de escritores e intelectuais, entre os quais podemos situar José Luandino Vieira.

Nascido em Portugal em 1935, muda-se cedo para Luanda, onde vive sua infância. É por seu compromisso radical com a luta pela libertação nacional que se torna cidadão angolano e adota o nome "Luandino". Em decorrência de sua atuação

> Angola só se torna país independente em 1975, após uma longa e sangrenta guerra, que é o pano de fundo deste romance. A luta de libertação nacional tem início em 1961.

é preso duas vezes e tem sua vida "hipotecada por muitos anos", desde muito jovem. Conforme conta em seus *Papéis da prisão*, "do Aljube, em Lisboa, ao Campo de Trabalho no Tarrafal, passando por todas as cadeias disponíveis na nossa terra de Luanda, palmilhei doze anos da estrada da minha vida". É nesta condição de exceção, portanto, que o autor desenvolve seu primoroso trabalho literário.

Suas memórias do cárcere, ao contrário do que seria esperado, sugerem um pacto com a liberdade capaz de extrapolar o espaço da cela e inscrever as ruas de Luanda e sua cultura popular em textos que, por meio da memória e da imaginação, ajudavam a substituir a vida, para tomar de empréstimo uma expressão do escritor. Confinado em espaços que impossibilitavam outras intervenções diretas, Luandino Vieira atuou dentro de seu "particular campo de acção – o estético". Os resultados excepcionais demonstram a eficácia da apropriação da língua portuguesa como "despojo de guerra" e o empenho em construir uma voz narrativa que, desestabilizando a lógica da opressão, engendra novos modos de dizer a realidade.

> A reinvenção linguística de Luandino Vieira incorpora estruturas da oralidade à escrita, contamina-se com a sintaxe do quimbundo e constrói, assim, uma linguagem literária própria, marca do seu trabalho.

Um dos frutos deste projeto literário é a escrita, em 1967, "de um só jacto", deste romance singular, composto no Campo de Concentração do Tarrafal, onde Luandino Vieira passou oito anos. Imerso na severidade do "campo da morte lenta", surpreende a trilha potente e lúcida que desenha para mostrar que "não há outros homens para com eles construir o mundo. É com esses mesmos que se fará – ou nunca se fará". A capacidade de aderir radicalmente a um projeto ético e também se colocar habilmente na pele do outro, mesmo do mais antagônico, revela como a literatura pode, sim, vestir o manto diáfano da fantasia para combater a violência objetiva do real sem prescindir da "cortesia de dar a cada um o que lhe é devido", lembrando novamente Achebe.

> Em 1936, a colônia penal do Tarrafal foi criada em Cabo Verde pelo regime português para funcionar como prisão política. De 1962 a 1974 passou a ser um dos campos de concentração de nacionalistas de Angola, Guiné-Bissau e Cabo Verde.

O início da leitura pode provocar um choque: que língua é essa que, ao mesmo tempo, sinto que conheço e desconheço? O que ela está me contando? Quem fala e de quem fala? Na primeira sentença somos lançados no meio de uma guerra, mas, logo em seguida, adentramos uma brincadeira em um dia de sol. O que aconteceu?

O leitor que aprender a ouvir o movimento do texto notará que um dos recursos utilizados pelo escritor é a justaposição de ideias, cenas e imagens que podem parecer desconexas. Ao longo da obra, no entanto, muitas delas são retomadas, desvelando aos poucos algumas associações complexas e sempre aprofundando sentidos. Com paciência é possível construir familiaridade com os procedimentos e perceber que alguns se assemelham àqueles do funcionamento da memória, que muitas vezes irrompe de maneiras imprevistas, nem sempre lineares.

Seguindo o movimento da memória de Mais-Velho, acionada pela dor, passamos a reconhecer sua voz e outras tantas que incorpora à sua, num emaranhado cada vez mais complexo, mas também mais nítido. Lembranças, projeções e muitas indagações são misturadas ao momento real que este narrador-personagem vivencia: sua caminhada em direção ao irremediável reconhecimento da morte de Maninho e do "viver de morte" que agarrou Paizinho. Nesta deambulação conhecemos os outros três protagonistas: Maninho, Paizinho e Kibiaka. A realidade asfixiante do colonialismo obriga os companheiros inseparáveis de aventuras infantis pelos capins do Makulusu a carregarem "o alegre caixão da nossa infância" na escolha de rumos inconciliáveis: Maninho, branco nascido na metrópole (assim como seu irmão Mais-Velho) integra o exército colonial português, escolha forçosa que defende com a ideia de que "só há uma maneira de a acabar, esta guerra que não queres e eu não quero: é fazer-lhe depressa, com depressa, até no fim, gastá-la toda, matar-lhe". Paizinho, meio-irmão mestiço dos dois, participa de ações clandestinas e acaba preso pela PIDE (Polícia Internacional e de Defesa do Estado). Kibiaka, amigo negro morador do Bairro

Operário, junta-se à guerrilha. Mais-Velho é aquele que segue imerso em dúvidas; o "escrupuloso" que, segundo o olhar de Maninho, não teve certeza suficiente para tomar uma decisão radical como as de seus companheiros e "limitou-se" ao trabalho clandestino. São "quatro ritmos e saberes e vidas diferentes" atravessados pela violência, inexorável.

No trajeto descobrimos pela voz de Mais-Velho que Maninho, "o melhor de todos nós", era integrado à terra e aos seus, "ele é quem (...) bebia e comia, falava e ria sempre lá entre os que eu amava vagamundeando nas ruas solitárias e velhas da nossa terra de Luanda. E a ele a carabina escolhera. Simples buraco, fino e furo, toda a vida por ele saiu...", "para ficar da cor da farda que lhe embrulha, tapado nas moscas, antes que a salva do estilo vai-lhe acordar no sonho de amor que, no ódio do próprio ódio, queria construir". Descobrimos também que, se Kibiaka "segue na mata seu caminho de dignidade", também pode ter saído de suas mãos, "que são as culpadas de ter homens com ideias e dignidade", o balázio que roubou a vida de Maninho. E que Mais-Velho, em um gesto de solidariedade à luta, no Natal colocara "no sapatinho o único brinquedo que merece um homem digno como o meu amigo Kibiaka: *Parabellum*, de 9 milímetros".

Paizinho, cuja cabeça "era uma peça de alta precisão, um instrumento afinadíssimo que ele cuidava diariamente com pensamento e acção", que "nunca trai, porque é sério em tudo que em sua vida faz", de "sangrenta presença" nos presságios do meio-irmão, é apresentado ao Mais-Velho de seis anos de idade ao mesmo tempo que a dor da mãe "Estrudes": "cara desfeita e enrugada, alguma coisa lhe dói no dentro da alma é o que pode ser, pois não tira os olhos do miúdo encardido, seguro na mão da mulher negra, está quieto como se fosse de pau". Dela conhecemos ainda a funda dor da perda do filho, as "mãos grossas de unhas curtas e negras do trabalho, aquelas pernas de varizes que não se equilibravam nos sapatos de salto alto", de "apanhar azeitona dentro de Invernos frios e descalços da tua infância", a "coragem de sempre perder" – quando o pai Paulo afirma que Paizinho é seu afilhado com o "tranquilo riso de quem que sabe verdade ou mentira ele é que fala verdade sempre".

Pai Paulo, colono pobre e racista, é exemplar tão verossímil da colonização lusa quanto o operário Brito, com sua consciência de classe que permite linchar publicamente um trabalhador negro. O lamento materno desta morte evoca o peso da violência colonial sobre toda uma coletividade: "este o grito só que oiço ou é coro de milhões de gritos iguais?". A narrativa dialeticamente evidencia as contradições de um sistema extremamente embrutecedor e não interdita a complexidade a nenhuma das personagens, recuperando traços que marcam também a constituição subjetiva de todo um grupo.

O vigor da premissa, que é possível vislumbrar mesmo com a apresentação de poucos elementos, somado à extraordinária habilidade com que o escritor humaniza todas as personagens sem jamais elidir as relações de força entre elas, entregam ao leitor um texto pelo qual é impossível passar incólume. "Amar os homens é sempre uma alegria dolorosa", afinal.

São Paulo, abril de 2019.

JACQUELINE KACZOROWSKI
Pesquisadora-bolsista (CAPES – FFLCH/USP), membro do grupo de pesquisa PIELAFRICA – Pactos e impactos do espaço nas literaturas africanas de língua portuguesa (Angola e Moçambique), vinculado à UFRJ.

MAKULUSU: antigo *musseque* transformado em bairro.

Os *musseques* são terrenos arenosos ocupados pela população pobre da cidade de Luanda, em Angola. Foram muito importantes durante as lutas anticoloniais.

Acredita-se, também, que *makulusu* seja uma corruptela da palavra "cruzes" para o quimbundo, além de topônimo que se refere ao antigo local em que, em Luanda, se enterravam os mortos.

*...mukonda ku tuatundu kiá,
ki tutena kumona-ku dingi kima.
O kima tu-ki-sanga, kiala ku tuala mu ia.*[1]

(de um conto tradicional)

---

[1] ... de onde viemos, nada há para ver. O que importa está lá, para onde vamos.

Simples, simples como assim um tiro: era alferes, levou um balázio, andava na guerra e deitou a vida no chão, o sangue bebeu. E nem foi em combate como ele queria. Chorou por isso, tenho certeza, por morrer assim, um tiro de emboscada e de borco, como é que ele falava?: "Galinha na engorda feliz, não sabe que há domingo." Como uma galinha, kala sanji, uatobo kala sanji[2]... Tinha a mania dos heróis, pensava era capitão-mor e era eu o culpado, deixara ler *As Guerras* do Cadornega[3] para ver se ele aprendia e então me ensinou e devia de estar agora no lugar dele porque ele era o melhor de todos nós, aquele a quem se estendiam os tapetes da vida. Levado por quatro mãos que são de alturas, andares, passos, sentimentos diferentes e ensinam no caixão ondular de barco em mar de calema e o Maninho deve de estar mareado, era isso, mareado e eu disse-lhe então:
— Cagunfas!
Só me ri, é um sol loiro e vejo Rute a seu lado abrir o riso dela mulato para mim. Se não fosses minha cunhada que não hás-de ser nunca, se não fosses mulata, eu ia te soprar nesse rir, ia acender-lhe até que te devorasses no fogo que em ti tens quieto e Maninho decide interromper:

---

[2] **kala sanji, uatobo kala sanji:** como se fosse galinha; parvo como uma galinha.
[3] *As Guerras*, **de Cardonega:** referência ao livro, de 1680, *História Geral das Guerras Angolanas*, do português, radicado em Angola, António de Oliveira Cadornega.

— Queria-te ver lá em cima! As balas e o resto... Cagunfas, digo eu, que te embrulhas nessas ideias que nem políticas são...
Dá-me um carolo, catoto amigável e Rute séria, de repente, no zumbir das balas na voz dele. Sinto.
— Moral, Mais-Velho! Ideias morais, moralzinha para uso próprio, tu, que tens a mania de ateu!...
É o nosso modo de afecto, vem de monandengues, pelejamos carolos e risos e bassula, nos abraçamos e Rute só grita, o barco cambando sem mão nas escotas ou no leme:
— Xalados, vocês!...
Capitão-mor do reino da guerra ali estava a rir para mim e o sol a ver: um buraco, cu d'agulha só, mais nada, e no tão simples tinha saído a vida, eu ainda não sabia, ele não sabia, só Rute estava muito séria, ofendida no nosso rir.
As mulheres que amam conhecem a morte nos risos?
Maria nunca me amou, nunca poderá amar ninguém, se ria sempre que eu ria e isso não dá saber. E sem isso o amor sempre não é conhecimento da morte e, sem isso, não é amor, voo cafofo e estúpido só, acender de capim para queimadas, caça e cinzas sim, mas o solo degradado e apagado. Por isso a sua sanzalinha de sentimentos tem de fazer rotação, procurar novas matas para se rir com elas, fazer a derruba e nunca aprender, até que a velhice ponha-lhe as marcas das cinzas em todo o seu belo corpo loiro e, depois, de repente, morra e a estupidez dessa vida antropófaga não tenha ainda tempo de marcar-lhe rugas fúnebres que dêem dignidade na cara de queixo amarrado com lenço de seda para maxilar não pender. Nunca me amou — sei, hoje, 24 de Outubro, aqui, na calçada dura do beco secular dos Mercadores onde vou com o sol a colorir um papagaio saliente numa janela e a alegria de não ter lágrimas para o óbito do Maninho. Coco e Dino lá estão, à porta, à espera, sinto já o cheiro do bacalhau assado. Louvadeus-fêmea é que ela é e me arrepio todo, envergonhado, pelo bocado de mim que engoliu e digeriu e cagou verde como os nossos corpos no capim das chuvas do antigamente.

— Porreiros?!

Maninho sorri, todo ele se deixa encharcar de sol na ruela, olha-lhe e eu sei o que ele está a dizer-lhe nesse riso: que, da nossa terra de Luanda, eu gosto só os sítios poucos; que, da nossa terra de Luanda, chamo só Luanda à Rua dos Mercadores, à Rua das Flores, à Calçada dos Enforcados, aos musseques do antigamente...

Insulta-me:

— Ruas de escravos...

É um jogo secreto, nosso só, telepatia das palavras tantas vezes ditas — ruas escondidas ao progresso... ruas de utopias... ruas personalizadas, coloniais, colonialistas, ruas de sangue...

— Entramos? Ou vocês querem se hipnotizar?

Falta Paizinho, mas Paizinho não vai vir.

Não vai vir, nunca virá no Carmo para onde vou e o cheiro a bacalhau é o mesmo de há dois anos e eu não. Mas penso que o cheiro é que é outro, enjoa e quero vomitar ali mesmo, mas não posso fazer isso: vou de casaco e gravata, e gravata preta ainda por cima, e é mal-educado vomitar de luto.

— Sim! Bacalhau para um, churrasco para três...

Por que é que o Maninho disse três e não disse quatro? Por que é que nessa hora não contou Paizinho, e Paizinho não tinha vindo? Sentei-me de frente para a porta estreita lá no fundo, rectângulo de sol a rua que dava, queria estar a olhar para ali na hora que ele ia entrar, queria ver os olhos do meu velhote sorrir no meio da mancha negra no fundo de sol que ia ser o seu corpo em contraluz e queria ver-lhes com um primeiro plano dos mesmos olhos sorridos do Maninho, sentado na frente de mim: os meus olhos ao cubo, pensei, e ri, e o Coco zangou-se:

— Ri-te, ri-te! Mas eu acho que é um problema sério, a encarar...

E ele pensava que eu e o Maninho, naquela hora, estávamos a ouvir o que ele dizia ao Dino, sobre a recusa de não sei de quem, na Argélia, Machino, parece era o nome. Mas o meu irmão cassula sorri na minha esperteza de ficar virado para a porta de entrada e fala, sopra-me:

– Como o operário Brito recomendava: sempre virado para a entrada, de costas para a parede?!
Fecho-me. Só um nome ele não podia traduzir para mim, nunca: operário Brito.
– Não, obrigado! Chega, sim! Não gosto de muito azeite...
Pernas fortes, um pouco peludas, ali estão no sol da porta, olho-as e reconheço-as de há dois anos atrás, só que quietas agora as mãos em cima do avental cruzadas, à porta esperando. E o bacalhau bóia no azeite-doce, sirvo a couve e quero rir do que pensei, mas não posso: são as pernas da minha mãe, mas é indecente pensar assim as pernas da minha mãe, mais a mais com o Coco a cutucar-me, o Dino quer que eu responda.
– Sim! Eu concordo, concordo! Se me chamarem é o que faço. Ah, não, pá! Galinha não...'tá bem, ajindungado e tudo, mas não, pá! Quero comer à vontade, simplesmente, e a galinha assusta-me...
Rirás agora, de dentro do teu caixão, como disseste debaixo da parreira e na frente dos meus amigos restados, quando eu chegar à Igreja do Carmo, com o teu sorriso monandengo: "Sânjicas quijilas"? Queria que dissesses, Maninho, puxo um pouco o colarinho que me capangueia, ou é do sempre cheiro a bacalhau assado que o beco tem para mim?, que me fizesses ver outra vez o fino fio de ouro da muamba a escorrer na cara lisa do pai e tu, miúdo e magro e sôfrego, desensofrido dizia a mãe, a engolir como ele te ensinava, todo rido e feliz, a fazer uma bolazinha de funje, a mergulhá-la no molho amarelo e fumante e a deglutir sem mastigar. A mesa está armada em baixo da sombra moringue da mandioqueira, a mãe olha em volta, ainda não acredita que chegou, vê os blocos sem reboco e os zincos velhos do telhado e está com a sua mão esquerda na minha coxa de agoniado: me dá coragem e quer coragem na minha silenciosa companhia, para eu comer com os dedos ou a colher, mas não posso. Olho e o prato balança e gira a carne branca da galinha misturada no amarelo, são os vómitos que eu vomitava no convés do *Colonial* e quero chorar, deitar a cabeça no colo da mãe e

chorar. Mas não posso porque o Maninho, e ele é um mais-novo, ri e come e o pai está feliz e satisfeito, só de vez em quando se vira para mim e severo ordena: "Come, rapaz! Parece qu'és mui escrupuloso." Como pudeste dizer, velho Paulo, se não sabias, que sim, serei escrupuloso toda a vida e pensa só que, franzindo as sobrancelhas fartas, tem o meu mundo nos seus pés, mas, maternamente, a mãe segura minha mão e diz baixo: faz o que o paizinho manda! Também não gosto... – resignada sorri sua coragem de sempre perder.

Engulo, o azeite dendém desce na garganta, escorre o azeite-doce no queixo. Dino me sopra: "A costelinha labrega, enh?" e verdade é que eu, sem o pensar, me sinto um pouco envergonhado comendo o bacalhau assado enquanto eles devoram o churrasco com jindungo debaixo da mandioqueira no fundo do quintal.

Só disse:

– O churrasco já estava na geleira!

Porquê, porquê eu solto aquele riso sincero, verdadeiro riso, tão do fundo de mim, que estou assustado e terrorizado, a minha máscara de dor no espelho por baixo desse riso está lá, grita-me: "Não tens respeito, não tens sentimentos?" e a mãe foge despedaçada de dor, para junto da Rute de olhos de areia frios deitada de costas na cama? Mas são essas as palavras de uma mãe que traz nove meses um filho no ventre e vinte e quatro anos no coração em todo o seu corpo, são essas as palavras que o espanto de existir enquanto esse filho está morto, o capitão da alma em sentido lhe veio dizer, são essas as primeiras palavras que borbulham na cacimba de um choro e gritos de horas: "o churrasco já estava na geleira e tu, Maninho, não o comerás nunca mais?"

Sim, percebo agora, compreendo ao ler na ardósia, em baixo de "Há camarão", "Churrasco à Floresta" e de estar, como estou, outra vez lá, no fundo, no Escondidinho das Parreiras, na cara do Maninho a morder a galinha. Mas peço cigarros só, eu não fumo. E a mulher vê-me guardar o maço e os fósforos e sei que ela reparou, pelos meus dedos, pelo modo como peguei no maço

de Sital, como se pegasse numa caixa de modesses, um sem-jeito assim, e fica a saber que não fumo. Mas na sua cara banza nem o ver da gravata preta desata o nó da inteligência.
– Nunca mais cá veio, o senhor...
Verdade mesmo que me reconhece? O que há em mim que toda a gente me vendo uma vez, diz depois: nunca mais o vi, nunca mais cá veio, o senhor...?
Assusto; não digo nada; fujo – o passado reconhece-me.
Paizinho ainda não apareceu e estou preocupado. Venho na porta olhar ambas as saídas, ou ambas as entradas, não é o mesmo, da Rua do Mercadores. O sol já não está a pino em cima das telhas velhas, mas a rua tem muita luz. O zumbido do calor e das moscas e do silêncio aborrecem. E o azeite não era muito fresco. Ouço no Dino levantar a voz dele, sua mania de sempre:
– À tua saúde, regresso, felicidades...
"E pontaria, Maninho!" – dói o pensamento, tremo, renego o que disse porque Paizinho não vem. E tem uma secreta, íntima ligação entre a pontaria de Maninho e a vinda de Paizinho. E a vida de Kibiaka, ido.
Porque ele quem que ficou logo-logo estendido a chorar e o sangue mijava da cabeça carapinhada de loiro, quando veio, nessa tarde, a meio exactamente, como agora não vai vir mais.
O pai na cadeira-de-preguiça dormita em baixo da mandioqueira, Maninho ajunta pedras frente da soleira da porta e eu estou por trás dele a olhar sem ver, sentindo só o estômago dar suas voltas.
– 'cença, menino?!
Era nova, era velha? Gosto de ler na cara das pessoas, teria olhado logo-logo nas tuas feições, criança curiosa? Nada que chega se chamo. Era então todo o corpo magro coberto de pano riscado de cruzinhas azuis, só o de cabeça é preto e a missanga enfiada, de muitas voltas, redondinha e brilhante, em cima do quimono, como os olhos a me olharem?: tenho seis anos, estou alto para a idade, mas o miúdo na mão dela é da minha altura e

está de tronco nu e parece encardido, na pele, penso. Mas o cabelo é aquele assim pequenino que eu não deixo de olhar e cada vez que lhe vejo passo a mão no meu à escovinha e duro e tenho inveja. Olham quietos, a mulher e o miúdo pela mão.
— 'cença, menino?! Senhor sô Paulo está?

Não sei o que ela fala, senhor sô Paulo não sei quem é; ali tem o Maninho, tem eu que ainda não sou o mais velho Mais-Velho, a mãezinha, nome dela Estrudes, e o pai. O pai tem nome? A mãe diz só: "o paizinho"; e: "ouve lá, homem", "oh, que homem este!". E o estômago não para, quer voltar aquela massa amarela e aquela carne que nunca provara e parece é palha enovelada na boca, só a mão da mãezinha na minha mão me faz engolir.

Então oiço a mãe atrás de mim levantar o Maninho pela mão, a colocar-lhe no meu lado e assim, os três, vamos enfrentar o vulto embrulhado em panos e de pé descalço, o miúdo da carapinha alourada.

Olho a mãe, procuro o que vai me dizer como sempre, o que devo fazer e assusto-me, batuca meu coração: cara desfeita e enrugada, alguma coisa lhe dói no dentro da alma é o que pode ser, pois não tira os olhos do miúdo encardido, seguro na mão da mulher negra, está quieto como se fosse de pau.

Não tira os olhos de mim e o pai procura desembaraçar as bagagens pelo meio da chuva e o burburinho, confusão da estação da Cidade Alta[4], está num vestidozinho de valona e sandaletes amarra-amarra, pernas finas e cabelos loiros de sisal seco e tem um rir que mostra todos os pequenos dentes. Mas só riu ainda na mãe que lhe faz tanta pergunta, enquanto o pai não vem porque corre de senhas na mão e palavrões dentro da cabeça, insultando tudo e todos, levantar a bagagem. O vapor do comboio nos envolve tão assim no frio cacimbo da noite é o nosso primeiro cobertor dos poucos que terá. Não tira os olhos

---

[4] **Cidade Alta**: área da cidade de Luanda onde habitavam as camadas mais favorecidas da população.

de mim e tem os olhos cor de mel. A prima Júlia está bem? O João ficou na roça? Perguntas e perguntas e ela, senhorazinha, só ri e abana sua cabeça: desprezará a minha mãe porque não tem os lábios pintados como a prima Júlia? E nasço-lhe logo-logo um ódio, juro para dentro de mim que não lhe vou dizer uma palavra, nem uma, o Maninho que a ature, tenho as miúdas do Liceu, praquê dar confiança nesta mijona matumba da 4a. classe da escola do Golungo[5]? Como é que ela falou, serigaitita saliente?

– Fiquei distinta na Escola de Rodrigues Graça, a mamã não sabe ainda se o primo deve pedir a minha transferência para o colégio das madres... disse que escrevia...

Mijoninha de doze anos, repente de admissões ao liceu, que queres tu com esses olhos cor de mel e cabelo de capim seco – "Galinha cassafo, a saliente", disse o Paizinho, manguitando-lhe

– postos em mim, o mel ou o fel?

– És o meu primo?

Sopra o vapor e no meio da chuva miudinha, afoga a plataforma da estação, ficamos mais distantes, irreais, o comboio arfa.

– O Maninho?

Abano que não com a cabeça. "Juro sangue cristo, hóstia consagrada, cocó de cabrito, não falo nada!", não falo, não digo uma palavra.

– Então és o outro...

O outro, a rosqueira! E me apetece a vontade de quebrar juramento de há segundos, xingar.

– O inteligente, o que sabe tudo tudo, desenhar e redacção? – continua. E é a minha mãe que vem sorrir as pazes sem o saber.

– Então?! Não dás um beijo à tua prima Maria?

– Então, menino?! Beija na madrinha então?! Vergonha dele mesmo, m'nha senhora, desculpa só!

E o pai ri. O miúdo encardido se esconde atrás dos panos, a voz do pai:

---

[5] **Golungo:** referência à cidade de Golungo Alto, na atual província do Kwanza Norte.

— Então, vens amanhã buscar a roupa. A senhora chegou há pouco tempo, estão cansados, os meninos também.

Só relembrando a primeira noite, no escuro do sono que não tive, toda a conversa do pai e da mãe e as juras do pai, me explica a cara desfeita e dolorida da mãe, olhos nos olhos do miúdo:

— É o costume, mulher! É o costume desta gente, quando gostam dum branco querem-no para padrinho dos filhos...

O rir do pai, tranquilo riso de quem que sabe verdade ou mentira ele é que fala verdade sempre:

— Tens cada uma! Os meus olhos num narro, num sungaribengo? Elas sabem lá de quem são os filhos que têm... Fui o padrinho e acabou-se!...

São os teus olhos, Paulo; são os teus olhos, vejo-os neste miúdo que não é bem preto, parece um branco que não se lava há muito tempo. Conheço estes teus olhos, olhei-os durante quatro anos todos os dias nos quatro olhos do Maninho e do teu filho mais velho, mas não quero pensar que sim, que tiveste na tua cama uma mulher assim, só vejo panos, como serão elas por dentro, como nós? Tu, meu homem, tão limpo que tu és, como é possível?

Pensaste feitiços, bruxarias, em água do cu-lavado, filtros de amor, mãe, pensaste o que eu penso agora por ti, pensaste e adivinhaste bem.

Conhecem os frutos dos seus ventres noutros ventres, as mulheres que sofrem?

O sol bate de chapa na ruela e eu quero andar, libertar-me dela, daquela porta de luz agora de sombra e tem uma mulher de pernas peludas que se lembra de mim de há dois anos, da porta quero chegar no fim desta rua que eu amo e odeio onde não entrou o Paizinho, esperámos quase toda a tarde e me estragou o almoço e me fez ser cruel no Coco porque eu só via sangue na cabeça carapinhada e o bater sistemático, ritmado, do cassetete de borracha, a voz pausada de quem sabe que todo o tempo é dele, acendendo o cigarro e sem levantar a mão para o sinal de basta:

— Não, pá! Nada disso... Tudo, tudo! Queremos tudo, seu filho da puta! Vais falar, o que é que pensas?

Não é só por isso que não gosto de galinha, queria explicar no Maninho, mas ele não me deixa falar, ri-se, adianta os casos à sua maneira:

— Eh pá! E vocês haviam de ver a cara dele a vomitar o funje todo? Um funje porreiro, não sei, muamba de galinha, não sei se foi por ser o primeiro, nunca outro me soube assim tão bem e este gajo já fazia política naquela idade, vomitava o funje todo, não o aceitava, "respeitava-o", não o consumia, como mais tarde, com as miúdas...

Carolo, carolo e catoto e o copo alevantado na tristeza da ausência do Paizinho, sua sangrenta presença nos meus presságios, a alegria um pouco ruidosa já:

— Xinxim! Saúde, Maninho!

— Saúde, Mais-Velho, amigalhaços!

Eu estava a vomitar o funje e tal qual o meu pai tinha ensinado, disse:

— Seus pretos! Cães sarnentos!

O miúdo da vizinha do meu pai riu, mas o filho da lavadeira, calado que era, me insultou com raiva:

— Preto é carvão, seu cangundo da merda!

M'arreganharam para pelejar, olhei nos olhos azuis, eram os de Maninho, eram os meus, o outro miúdo quis pôr café, depois só que soube o que era isso "dar café", assim que se vê logo os que os tinham no sítio e eu não aceitei. Eram dois, temi que não tivesse lealdade, iam-me bater e o Maninho era muito miúdo, mas foi ele que atirou a pedrada, boa pontaria, e o sangue jorrou na carapinha enlourecida.

Mas não, não é por isso que não gosto galinha, não são "sânjicas quijilas" como ele fala, Maninho, mas uma coisa que só mais tarde descobri e não te pude já dizer, meu menor, havias de gostar saber, como eu fiquei feliz nesse dia ao lembrar, ao renascer em mim esse dia — só a mãe e eu sabemos e por isso ela me respeita sempre

eu não querer comer galinha mesmo debaixo das chapadas do pai. Não, não era ainda a tua morte, a tua frase, por ser quase domingo para a galinha engordada, kala sanji, uatobo kala sanji...
— Cabelo de galinha cassafo! — vi a dor que lhe provoquei, nasceu palidez na sua adolescente vaidade ferida. Mas isso não chegava, não era nada — ao dizer isso para lhe magoar como magoei, me magoei mais a mim e mais fundo mordeu o que ela disse-me atrás do escuro da porta na hora que entrei de dar explicações e a casa estava vazia, silenciosa na tarde, só seus olhos de mel brilhavam na sombra do corredor e ficaram assim, presos a mim, fechei a porta e ia sair embora e ela, desdenhenta, pôs as mãos atrás das costas, se encostou na parede, esticou todo o peito cheio que nascera-lhe nesses dois anos e eu não vi mais a mijona do "és o outro, o inteligente?". Ouvi, sim, o seu riso sabido me xingar, segredo de fel:
— És um jimbrinha! Um maricas! A tua irmã é que me disse...
— Cabelo de galinha cassafo! — xinguei no ferrar do marimbondo, dor violenta do insulto dela e certeza no medo da minha timidez, não ia ter coragem para lhe fazer o que ela esperava e, então, o meu insulto virava ainda mais covarde, novo disfarce. Mas Maria nunca me amou, sei-o hoje ao chegar no fim desta Rua dos Mercadores, minha ruazinha nostálgica das leituras do Museu de Angola — foi ela que me agarrou me parecia eu era lápis de morder, se apertou em mim e me beijou nos lábios dolorosamente, sem jeito, uma fúria que lhes fez sangrar só, e nunca mais deixámos de nos beijar assim, namorados inimigos que a gente éramos sem nunca ninguém mais saber e nunca o termos dito um ao outro.

Minha única e constante namorada até casar com outro e isso me nascia alegria até hoje de manhã, 24 de Outubro, e agora não porque no meu coração tem dor e alegria só e confusão e tristeza. Vou na Igreja do Carmo, escolhi este caminho velho da nossa velha terra de Luanda, quero chegar lá por onde o Maninho xingava-me de não chegar a nenhum sítio e sei, ele me provou com a sua vida e sua morte, que nestes caminhos velhos não sai estrada nenhuma. Melhor: sai picada só, caminho na roça do caixão coberto de rede por causa das moscas e nos olhos dele, cerrados, com peso das cervejas que bebíamos esperando Paizinho e falando, nenhum de nós que ouvia o outro, tudo repetido e lido e traduzido e discutido.

– "A mão é o cérebro!" – se agarrou nestas palavras, mano mais-novo, e o Coco tirava e punha os óculos, queria convencer-lhe que, se assim era, o vice-versa era certo. Logo, portanto, por conseguinte, por consequência...

– Tu o que dizes, Mais-Velho?

Digo, hoje, que vou a caminho de ti, que nessa hora queria só ver o sol entrar no riso do Paizinho por atrás de ti, lá, na porta do fundo onde que a luz se doirava mais, toda empoeirada de horas.

– De acordo...

– Me cago en la leche de tu acuerdo!, não era assim que diziam os do Hemingway?

Também o li, sabes bem que fui eu que o li para ti, com paciência, traduzindo enquanto ia lendo e tu sempre a rir feliz e só gramavas do velho Anselmo que ia com o inglês e que eu sei que tu choraste quando o velho morreu porque "fez o que tinha de ser feito naquele momento, sabendo que, se o fizesse, morria", tu mesmo disseste-me e tu agora não o queres fazer, não queres fazer o que tem de ser feito. É isso, tu conheces-me bem, mais--novo Maninho, meu menor, conheces e já leste o que eu disse no cérebro e já me estás a responder e o que me lixa mais, meu puro irmão amigo, é como tu dizes as verdades assim misturadas nas mentiras delas mesmas e não podemos mais acertar o que falamos desde monandengues.

– Vou-te dizer, pá! Ouve bem! Tu, e todos os que, como tu, só serão incorporados se a coisa aumentar – ah, como eu espero que aumente! – vocês a quem a sorte biológica da pressa da esporra paterna vos fez nascer há mais anos que eu...

Mas estás só olhar para mim e é ao Coco que fala, mas o que

ele diz só eu posso traduzir e fico assim, nessa operação, olhando para trás dele, coração acelerado no álcool e no medo por Paizinho e sua ausência, dizes: vai! pega numa arma e vai, leva o que dizes avante, faz como dizes não digas só. Verás! Vão-te aceitar? Vão-te aceitar? Não penses nisso, Mais-Velho... Então para quê estudos, papéis, para quê reuniões e esse teu medo chapado que tens nos olhos e nessa cara bonita que eu gosto, porque o Paizinho não vem, não chega e todo o teu corpo treme e são só panfletos? Entrar numa mata, Mais-Velho, isso não fazes. Sei que tens medo, mas que tens mais dignidade que medo e que vencerias o medo e irias com ele agarrado ao cu das calças e cada centímetro que andasses te libertavas de um grama de medo até chegares lá sem medo nenhum colado a ti, espezinhado todo que lhe deixavas amarrotado no caminho doloroso que percorreras, mas total, inteiro, novamente em ti presente, ao dares cabo do último grama dele. Não, Mais-Velho, não é medo, eu sei – é mais pior. Podes vencer o medo mas nunca a falta de certeza, és assim: matemático e objectivo. E não tens a certeza de te aceitarem, Mais-Velho, nem ta podem dar porque também a não têm. Só indo fazendo-lhe a terão. E só se tem enquanto se constrói. Construída, ela vira dúvida outra vez. E então só tem um caminho...

– Esta realidade complexa enriquecerá a literatura, temas, vivências – oiço o Dino, num momento, fazer doer no vácuo do que está dizer na cara dos olhos de aço que o Maninho agora tempera de ódio.

É um jogo de sociedade, canastazinha de política, tudo isso, Mais-Velho. Arriscado? Não discordo. Só que o risco tem muitos descontos, tem prémios de várias gradações, se pode ir perdendo pouco-pouco e depois recuperar. E a pele defende, Mais-Velho. Quer queiras quer não, te dá pelo menos uma terminação, o teu número nunca é branco, não é lâmpia. Agora eu?! Agora eles?! – mede o teu jogo com o meu, com o deles? Vou, sim, amanhã parto, vou matar ou morrer e tu não queres o fim desta guerra mais do que eu. É um jogo perigoso, mas é mais leal porque, de certo modo, as oportunidades, as condições são iguais. E isso é já a primeira conquista que o meu ir lhes permite, a nossa primeira aproximação como homens, iguais, sem nada entre nós que não seja a morte que eu darei se lhe vir primeiro, que me darão se me virem primeiro. Estás olhar a farda? Pensas que não tenho coragem de a despir e de me recusar como papagueámos todos a propósito dos tipos da Argélia? Mas eu sei o que tu nem sabes: isso é fácil, de certo modo é uma abstracção, ideias, etecétera. O mais difícil, Mais-Velho, acredita, é vestir-lhe assim, um camuflado e ir ainda hoje à noite deitar com Maricota ao Bê-Ó[6], não com Rute, estará fria de morte, as mulheres que amam conhecem a morte no amor, e ela generosa se entregar como sempre, sabendo que vou lhe matar no irmão em cada irmão que matar e vai chorar porque vou, não é porque vou lhe matar no irmão. Porque ela também sabe: as mulheres que amam, sabem que o amor e a vida são dois jogos de morte; que, se o irmão me vir – oh! Kibiaka da infância, salta e vamos soltar os gunguastros nas gaiolas! – de cima da sua árvore, que a sua mão não vai tremer quando me apontar a carabina do roceiro que decapitou e não tremerá e eu não tremerei se o vir primeiro e aponto a minha metralhadora e vou ficar com o coração leve a ver-lhe cair lá de cima do pau no capim alto e fofo da nossa infância. Que não é ele que revistarei; não é ele que vou procurar salvar para depois lhe matarem com torturas para lhe fazer falar o que ele não vai falar. Ele ficará, ficou, fica nos capins soterrados do Makulusu quando a gente pelejávamos até no cansaço e no sangue derramado porque vamos já, lavados de sujos, receber quicuerra e micondos de mamã Ngongo. Isto, Mais-Velho, é que é difícil e tenho de o fazer: o capim do Makulusu secou em baixo do alcatrão e nós crescemos. E enquanto não podemos nos entender porque só um lado de nós cresceu, temos de nos matar uns aos outros: é a razão da nossa vida, a única forma que lhe posso dar,

---

[6] Bê-Ó: bairro operário, onde viviam camadas muito pobres da população de Luanda.

fraternalmente, de assumir a sua dignidade, a razão de viver – matar ou ser morto, de pé.

Mas eu sei que tu compreendes, mas não aceitas, tu não sabes o que é dormir tranquilo com Maricota no lado e saber que ela sabe e aceita o eu ir e matar ou morrer. Tu achas que isso é uma injustiça e tens razão, Mais-Velho. Mas me diz só: que posso eu fazer que não seja uma injustiça? Ou então prova que sim, que o caminho é o que constantemente discutimos nestas tantas semanas, pega numa espingarda e vai para o lado do irmão de Maricota e mata-me. E então, Mais-Velho? Lês Marx e comes bacalhau assado, não é? Não te deitas com negras nem mulatas – a tua cunhada é mulata, fico descansado... – por respeito. Vê bem, Mais-Velho! Como tu és um baralhado: por respeito lhe recusas a humanidade dessa coisa simples, onde que só o humano se revela, onde só se pode aí comunicar, saber, aprender... Rio, sabes, mas me dói muito no coração, fica pesado de amargura. Espalha os teus panfletos, que eu vou matar negros, Mais-Velho! E sei que eles te dirão o mesmo: "espalha os teus panfletos, vou matar nos brancos".

Olha, Mais-Velho: não a odeias mais do que eu. E só há uma maneira de a acabar, esta guerra que não queres e eu não quero: é fazer-lhe depressa, com depressa, até no fim, gastá-la toda, matar-lhe.

Só porque tens razão, também tenho.

Desembeco na Travessa da Sé e é o cheiro a mar que me rusga. Mas quero sentir-lhe todo, não posso, não aceita, não lhe deixa o ramo branco das flores que estou levar, o fato escuro que pedi emprestado e a gravata disfarça. Não pode: mar mesmo só cheira a mar num corpo todo nu.

– Xalados, vocês!...

O barco solto camba e não aproa e os loiros cabelos de Maninho nas minhas mãos no meio dos meus dedos e o pé dele no meu peito: dentro de água, risos e felizes – e Rute séria e zangada, sem medo mas me avisando:

— Tu, Mais-Velho! Vem tomar conta do leme! Nado mal, sabes? E vocês comeram que nem uns burros e aí dentro de água...

Senti bem, Rute, não disfarces, mesmo não dita na garganta a palavra está pronunciada, se formou já na alquimiazinha secreta das células do teu cerebrozinho misto e mesmo que lhe guardes embrulhada na dor do coração eu ouvi porque sei que as mulheres que amam conhecem a morte no riso. Podemos morrer, não é, de congestão? Morrer, morte, boiar e ser roído nos peixes logo no mais bonito de nós, o sexo e os olhos, o que está nos ligar ao mundo, a barriga inchada como vai ser a tua com o filho de Maninho, se lhe derem tempo, licença entre uma macuta de morte e outra de vida. E estás deitada, seca e estéril, em cima da cama da mãe, os olhos cegos no tecto, cafofos – quando acordares, o que é que vais ver? Chorarás? Vais rir ou cantarás tua pequena cantiga de namorada alta e quieta no banco do Parque Heróis de Chaves, nos ouvidos do teu loiro amador? Mas agora ainda não, ainda o buraco não foi feito e o sangue correu – estamos os três a rir só, com o barco a um largo e tu despenteias os cabelos e eu vejo os seios alevantados e cor de cola-maquezo com esse movimento porque vou no leme e tu levantas o braço da popa e Maninho vai à proa, caça a escota, sem jeito, deixa bater o pano só para me aporrinhar.

E o mar cheira, cheiram as tuas axilas claras minha bela quase cunhada, cheiram a mar e cambo de repente e o sol incendeia, lá em cima, toda a colina coberta de vermelho de acácias a meia encosta e sinto o riso de Maria no teu riso mulato, corre no mar de capins como tu corres nos meus olhos e nos olhos do Maninho mirando-nos.

— Aí está ela!

Porquê, porquê quando tu andas pareces uma rainha, te olho e só te vejo de vestidos como os vestem no século XVII, ao lado do teu capitão-mor que nem sequer se virou para ti no meu grito de quase alegria, na hora que tu chegaste?

Rute chega e traz de fora um pouco de sol da rua, a certeza

de serem pouco mais de três horas e a dor, mais uma vez, de entrar um alguém que não é Paizinho.

Quero deitar fora as flores que, com tanto empenho, arranjei mas sei que a mãe vai me ralhar se aparecer com as mãos vazias, prometi. Mas não me deixam sentir o cheiro do mar, o cheiro que Rute já tinha afinal na hora que me levantei e lhe dei a cadeira e ela beijou seu noivo, meu irmão cassula, e o Coco e o Dino ficaram de repente vazios, com os cadáveres das palavras só, todos enterrados na cabeça, no jardim da vida que era a mulata minha quase cunhada.

Regresso na voz de Maninho. Sei o que ele quis dizer e não acabou e me disse depois já e me diz ainda agora nestas flores que vou lhe levar e são brancas e as mãos mulatas de Rute não vão desfolhar: literatura! O tu não te deitares com mulatas e negras: li-te-ra-tu-ra!

Olha-me; vês-me abraçado à tua quase cunhada – oh, oh, mano Mais-Velho, não me xingues o riso e a confiança, nunca me trairás, tens respeito por esta cor e, muitas vezes, quem sabe? desprezas as pessoas que lhe têm... Vês este corpo rijo e perfumoso e não sabes o muito macio desta pele e as cores e os perfumes, os brilhares que ela nasce no suor do amor. Te digo: são mulheres melhores, bem mais mulheres que essas tuas deslavadas e fingidas intelectuais que conheces e na tua coerência eu vejo paternalismo só, caridade. Isso, caridade! Não lhes fazes mal, sentirias remorsos, não queres que vão pensar que defendes a causa para te deitares ainda com as filhas, as irmãs, as primas, dás-lhes caridade, esmola de lhes não usares em baixo de ti, reservas isso para os que não pensam com tu, para os poderes censurar, teres razão, porque usufruem tudo nesta nossa terra de Luanda como objectos que lhes pertencem, e tens razão, mas não sabes como é sempre justo o amor de todas as mulheres, pensas muito, só o fazes com fêmeas-livros que se lembram de períodos inteiros de Sagan enquanto fornicam – e no original! Segregas as mulheres; fazes discriminação no amor; negas-lhe o

acto que podia revelar mais a vossa humanidade. As mulheres quando amam verdadeiramente são os seres mais puros e revolucionários, Mais-Velho.
— Diz que nunca amaste nenhuma outra!?
— Juro!
— Que sou a primeira que beijas?!
— Juro!
— Que sou a tua primeira namorada?!
— Juro!
Morde-me os lábios, não quer que eu jure só, quer ter a certeza, digo a verdade e ela não acredita, aceitando para se iludir nesse momento e se deixar cair para trás e eu em cima dela sem mais coragem de fazer-lhe os olhos como ela quer, cerrar-lhes de sofrer, tenho medo do: e depois? e de tudo o que lhe digo e lhe falo de nossa vida futura, se a presença de alguém alheio não deixa ela começar a me pôr a mão, malembe, em cima do largo das coxas, o que ela sabe que me desnorteia ver só a fina branca mão, pequena e gorda, ali, como assim, serena e ameaçadora.
— Eh, Maninho! — furo a escuridão das quatro da madrugada com meu assobio-de-bairro e sei que parou.
— Elá!? Mais-Velho! Viraste mussequeiro, chungueiro? — sua camisa americana impressa, seu riso loiro, gramofone na cabeça com seu colega dele, negro parece é a noite, no lado, a campânula na mão. Escuro de madrugada próxima e o riso deles, sol:
— Cacei-te, aldrabão! Não te desculpes com reuniões... Vieste às garotas!
E nem pode passar carolo, o gramofone em cima dos loiros cabelos.
— A farra animada, a rosca da corda partiu. Vamos só ali, na casa do Neto pôr uma corda nova...
O riso do amigo dele, ao lado, sincero riso da alegria da farra de ambos e ele é quem casou com uma mulata, ele é quem ia nas farras, ele é quem amava Maricota que é negra e nossa irmã, por assim dizer. E ele bebia e comia, falava e ria sempre lá entre

os que eu amava vagamundeando nas ruas solitárias e velhas da nossa terra de Luanda. E a ele a carabina escolhera. Simples buraco, fino e furo, toda a vida por ele saiu...

A mãe dizia: "terroristas", eu queria emendar, queria desviar o coro das vizinhas dando pêsames e o choro silencioso da mãe, e dizer: guerrilheiro – mas ninguém que me percebia, eu não falava a mesma língua que elas, elas diziam terrorista e, naquela hora, queriam dizer morte só, e eu queria fazer discriminações na morte, classificar mortes e elas não: terrorista, guerrilheiro, guerra, morte, tudo era o mesmo naquela hora, o buraquinho cu d'agulha por onde que fugou o fino óvulo chocado no útero que minha mãe já carrega nove meses e ia parir entre gritos e dores, nuns minutos se sumia com a mãe entre gritos e dores. Mas eu queria ver a espingarda na mão de meu irmão Maninho, cassula, queria medir o buraquinho por onde ele saiu de nós para sempre, pelo buraquinho da sua espingarda. Nove milímetros, quanto muito, era isso que valia a vida de um homem? A dignidade de um homem de vinte e poucos anos cujo só loiro reflexo nos seus cabelos tem a vida de uma jovem?

A dignidade, Mais-Velho, se mede no igual para igual, tu de cá e eu de lá, se tu tens arma na mão, se tu tens mão vazia, eu tenho mão vazia, eu de arma na mão, e quando o outro não tem o que eu tenho na mão, nenhum que é digno de si e do outro ou de ambos – e quem que não tem deve eliminar o outro para sua dignidade.

– Deve eliminar o que tem na mão para ficarem de mãos iguais! – berro, ao sol, e me olham banzados.

Nos levantamos já, Coco e Dino abraçando o Maninho e cantando em surdina e ele feliz a atirar a cabeça para trás, a estrelejar os dedos, a chamar Rute e eu prendo-lhe no meu braço, calado e de repente triste: meu irmão cassula, Maninho, já não está ali; vai ali no meio dos amigos, mas já está nas fronteiras, lá, entre o Úcua e Nambuangongo[7], camuflado e guerreiro e outro

---

[7] **Úcua e Nambuangong**: regiões próximas a-Luanda, onde estavam localizados importantes contingentes das tropas coloniais.

guerreiro não camuflado lhe procura o sangue pelo buraco do cano da arma que custou a vida num seu camarada, para remir o sangue passado. Olha-me bem, Rute, olha bem nos meus olhos, e eu quero chorar, mas penso que ela vai pensar que bebi de mais, sorrio só, à toa.

– O teu sorriso, Mais-Velho, é um riso de mentira. Porquê não choras antes o choro que eu calo?...

Primeira vez que chama-me Mais-Velho e não o meu nome próprio diminuído e choro então, antes de ir chegar no sol da Rua dos Mercadores porque sei, por esse chamar, que ela e Maninho se amaram já, que ela não quis que ele fosse a morrer sem lhe levar com ele em todo o suor do amor do seu corpo de cola-maquezo.

Depois de nós hão-de vir os que vão merecer a dignidade perdida de uns e conquistada de outros, ainda oiço, mas as vizinhas não calam: terroristas, assassinos, guerra...

Maninho morreu. Não faz diferença nenhuma as palavras que dizem, aprendo nessa hora e calo a boca. Só o meu irmão cassula, alferes, é que sabe, vai saber a diferença, agora que continua a rir como só ele pode e a chamar Rute que está mais perto de mim que dele, agora que viu que eu sei que o amor e a morte são as duas faces do seu corpo. E se agarra no meu braço, quimbiâmbia de repente solta na sua luz encandeante:

– Não o deixes ir, Mais-Velho! Não o deixes ir! Por tudo...

O Maninho e o guerrilheiro da carabina automática sabem a diferença, e o Maninho estava ali a dormir para sempre, coberto de rede mosquiteira por causa das moscas e o homem da carabina fora queimado a lança-chamas quando lhe descobriram no seu poleiro com as munições esgotadas. Foi o sargento que me disse, ele queria-me consolar com essa notícia e me disse com uma expressão onde a dor na morte do meu alferes saía roída e conspurcada no brilho sádico dos seus olhos no escorrer do medo apaziguado no sangue vendo arder a tocha humana.

– Levantei o seu irmão e ele sorria. Nunca vi um sorriso assim, num morto...
Só eu que nunca vi lhe verei toda a vida. Porque Rute vai esquecer, vai-se rir, vai ficar xalada quando acordar e em Maricota será apagado pelos corpos de outros homens – e no amor só que o viram os seres felizes a quem fez essa mercê de mendigo da vida. Só eu e o capitão tarimbeiro que viu e levantou e veio me dizer e está ali, no canto da igreja, envergonhado por estar vivo diante de um moço que ia sorrir ao morrer, e saber que nunca vai sorrir porque o medo é uma pele que se colou na sua em baixo da vida pouca que lhe falta.
O sol me bate mal nos olhos ainda humedecidos e Rute pára, cafofa, no sol do riso de Maninho na saída do beco já, o abraço dele, largo e forte, ruidoso, rumoroso de vida, num Paizinho meio envergonhado que me sinala de lá com a mão o sinal combinado: o outro camarada aguentou. Quero rir, me sentir feliz, livre, despreocupado, Paizinho está ali, mas não posso: no seu rir e estar ali eu vejo, como Rute vai ver daqui a pouco no último passeio de barco na baía da nossa terra de Luanda, a morte de Maninho.
É a chorar e sem as flores na mão que a Igreja do Carmo me entra pelo corpo dentro.

Rua das Flores, rua das flores, nem uma só encontrei, queria lhes pôr no teu caixão, Maninho que me gozas o meu gosto de ruas antigas, quatro ou cinco restadas no furor cego que tu aceitavas com alegria de ver os catrapilas a limpar o largo, batias as palmas do coração, dizias: tudo de novo!, apaga esse sangue de escravos que ainda luz no meio desses sobrados e dessas pedras de calçada. E como gostavas, na volta no meu quarto de repente feio e envergonhado contigo lá dentro a tremer o sobrado com o peso da tua alegria, como gostavas de parar mesmo no meio da rua, esta ou outra ou aquela ou do Sol ou Mercadores ou Travessa da Ásia ou Pelourinho, madrugadas acordadas, abrir a braguilha e urinar, regando tudo aos berros:
— Lavar o sangue dos escravos com o mijo dos patrões!

Rua das Flores e vou na dona Marijosé, peço-lhe uma mancheia daquelas flores brancas que ela cultiva com um gostozinho necrófilo e sempre dá, arrosando-lhes numa furtiva lágrima a todos quantos, como eu, que me conhece de miúdo, de gravata preta lhas pedem. E é amiga, sei muito bem, por ser-nos útil assim nas mortes que carregamos e sempre são sua única felicidade. Vejo-lhe embebecida olhar as orvalhadas pétalas brancas dentro do celofane, me quer sorrir mas não tem coragem e sou eu que lhe sorrio para ela me poder dizer, parece é prémio de consolação, que a sua filha mais velha também morrera no corpo de meu irmão.

— O Maninho! Vejam só o destino... Namorou com a Lena, sabias? Se eu vi a fotografia que eles tiraram com a máquina no automático, ambos nus, inocentemente nus e nunca ninguém ia poder saber onde, quando, como, atrás era no céu, no mar e na areia, matérias primevas só da ilha das Cabras, Mussulo, areias do Ceará ou de Java ou de Cuba ainda ou minha imaginação só que ele dobrou-lhe em quatro tão com depressa como acendeu no isqueiro e ficou segurar as cinzas na palma da mão, a deixar queimar, mas nem estremeceu na dor do fogo, deixou arder a fotografia até no fim e, depois, meteu a mão aos lábios e engoliu cinzas e tudo:
— A Rute merece este enterro!
As mulheres que amam de verdade nunca podem aceitar um amor invenção de antes do seu amar. Que cara, que face, que vida é esta que está me olhar no espelho? Trinta e quatro anos de queimadas de células e os mesmos olhos sempre iguais; os mesmos, só tu, meus olhos, me dizes que sou o mesmo. Arranjo a gravata, fica bem, nunca uso casaco-gravata e não é meu e então ao vestir-lhe de repente sou outro como nunca fui, é isso que o espelho diz. E os olhos me olham, então vou buscar a última fotografia ampliada quatro vezes postal, a grão grosso sem retoque, manias de Maria, seu orgulho de louvadeus-fêmea, em imagem me queria inteirinho e eu rio-me daquela dedicatória cuidadosamente riscada com tinta-da-china, ela voltou-ma, já sabia que odiava essa ampliação de mim mesmo mas aí fiquei a amar-lhe porque lhe recebera e era eu com vinte e quatro anos a olhar de frente a máquina, sem sorrir sim, o sorriso só dos meus olhos que vejo no espelho. Então coloco a fotografia ao lado da cara, olho no espelho, quatro vezes dois oito, oito olhos sempre iguais. Como é, Maria?:
— Olhos de diabo em cara de anjo!
Maria só, é isso que eu te gosto primeiro. Nome simples eu odiava desde a hora que, na Escola Sete, os risos dos meninos me mataram no nome da mãe quando eu falei: filho de Paulo

tal e tal e de Maria Estrudes e a professora me corrigiu, parecia gritava na criada que no nome da minha mãe tinha:
– Gertrudes!
E o teu não, sabes? É por isso que eu, te temendo teus sôfregos beijos que me arrancavam de mim, priminha afastada de quinze anos, só por isso que te amo. Simples e raro é o teu nome. Porque eu digo: Maria, só, e não marilena, mariarosa, maria da conceição, da purificação. Tu não tens outro nome que te estrague nessa lisura de pedra mármore da cara e do nome e do sisal dos teus cabelos rebeldes. É fresco o nome, é quente. Maria! – ainda digo no espelho, mas dez anos estão entre esse nome e a fotografia do outro que era eu e suas múltiplas caras no espelho. Maria!, repito. Mas teu nome é só a mancha condensada de vapor na superfície fria do espelho que vai, pouco-pouco, desaparecendo. Nunca o teu nome me lembra criadas que são as marias, como quando tinha de dizer, todos os anos e a todos os professores preenchendo as todas cadernetas da minha vergonha:
– ... mãe: Maria Gertrudes...
E dizia-lhe como se fosse três nomes, três dores: Maria, um; Ger, bem carregado e silabado, dois; e Estrudes como sempre não posso deixar de dizer e é como se dissesse: uma sua criada, como a mãe diz às freguesas deixando serviço para arranjar, chulear, ajur, prega de rendas, caçar as malhas, bainhas.
Fecho a pequena janela que dá no quintal do serralheiro-sucateiro, ainda não sei mesmo onde vou buscar as flores, Maninho não vai gostar do cheiro destas que vou lhe levar, cheiram a mortos e eu quero que ele oiça outro olor, que o seu cheiro delas, doce e triste, não lhe faça dizer o ódio: "cheiram a mortos como tu, Lena, dessa merda das flores da tua mãe", e ela lhe abrir na blusa o peito, em baixo das acácias siras dos Coqueiros com suas floreszinhas caindo chuviosas, lhe meter a cabeça pelos seios fora, sentados nas escadas do clube de ténis e lhe dizer tão sorrida:
– Mas eu cheiro a rosas, 'Ninho!

Quero levar flores que cheirem a rosas e não sejam, mas essas existem na minha imaginação só e nos seios de Lena – e nem uma nem outros te servem agora, coberto de tule que te irei ver, na obscuridez duma igreja e não estarão lá Lena, nem Maricota, nem mais ninguém, porque a Rute está deitada, em casa, quieta, e olha no tecto com os olhos secos.
  Mas jurei que te levava as flores e procuro-lhes, distraído e de gravata, nas lombadas dos livros arrumados, parecem os meus dedos são os teus dedos a percorrer-lhes. E nasce o calor da tua mão neste, está em inglês, começaste a ler a tradução portuguesa mas, no fim da quarta página, atiraste-lhe no caixote do lixo, e ainda treme a felicidade de ouvir tuas palavras saídas no livro de Hemingway que vou desfolhando sem olhar mais no espelho:
  – Como se comêssemos comida vomitada! Até lhe chamam Jordão! Os nomes não têm tradução, porra! São como as pessoas que os têm, as pessoas que os usam! Um nome é uma célula, uma pele mais que na vida enxertámos em nós. Ou o Robert Jordan, era português, porra?!
  Essas tuas fúrias avulso, esse teu calor, esse riso, essa amizade mesmo nos ódios que tinhas, procuro-lhes em vão só, que os teus olhos estão fechados para sempre, abertos para o outro lado da vida. Só que jurei ia te levar flores que cheirassem a rosas e não fossem rosas.
  O sol me xaxata na rua e eu ainda não sei que vou ir na mãe Marijosé dar encontro nas flores brancas dos mortos que me dará, as flores do peito da filha prostituída pelas europas. Só tenho o suave calor da mão de Maninho, na jura que eu mesmo fiz, todos fizemos e tinha também flores brancas, só que eram de mupinheira, bebida e comer de pica-flor, e de acácias vermelhas, bebida e comida de nossos infantis jogos de antera-cai, flores outras de lixo e podridão nossos pés ignoravam e pisavam superiores, que só o que era de cima a gente queríamos em nossas idas. A colina, vou lhe ver hoje à tarde, quando o barco cambar de repente e o sol lhe mostrar toda rubra como os lábios de

Maria mordendo os meus. Mas não verei Maria, nessa hora. Só: eu, na frente, fisga pendurada no pescoço, meu colar de chefe; Paizinho, atrás, arco de buganvília e flechas de catandu; Kibiaka, fisga; Maninho, fisga e toda a sua tristeza de mirar pássaros. O capim no meio das pernas, alto e ondeado, as amarelas flores das chuvas nascidas, nosso avançar cauteloso. De volta é o mistério da floresta, o oco da mata, e de todos os lados podem surgir inimigos, turras ou tugas[8], índios digo eu, e o Kibiaka traduz, real e imaginário, o que no coração acelerou:
– Maxiques, quinzares...
– Maninh'é!? Se fôssemos antes pôr fimbas, na Nazaré[9]?

Mas eu mando: não. Vamos descobrir no Makokaloji, caverna do feitiço, que assustou Antoninho e no bando dele por causa o João Alemão e o Adão Faquista e o Quinhentas estão morar lá e esses pixotes têm medo dos condenados da Fortaleza. Vamos mostrar nesses sacristas do Bairro Azul[10], esses cagunfas da Ingombota[11], que os do Makulusu têm as matubas no sítio. Levaríamos pemba branca para eles verem, os cagarolas, que no fundo da boca vermelha da caverna mostrava-se húmida e alimentava a verdura das cassuneiras. Jurámos que sim, nos sentamos em volta, as fisgas no meio de nós, o arco e as flechas de catandu. Vou ver só, do mar, quatro cocurutos de cabeças nascendo nas cabeças verdes do capim: loiro de Maninho e Paizinho, carapinhado dum e liso ondulado de outro; negros de mim como estou me ver no espelho; e a suave tão carapinha de Kibiaka. E as mãos a rezar em cima das armas:
– Juro sangue-cristo, hóstia consagrada, cocó de cabrito, não fugir de nada!

Nós, os do Makulusu – só eu e Paizinho sabemos.

---

[8]   **turras e tugas**: formas pejorativas utilizadas, durante a luta de libertação, para designar respectivamente os nacionalistas angolanos e os portugueses.
[9]   **Nazaré**: nome pelo qual era conhecida a área de Luanda próxima à Igreja de Nazaré.
[10] **Bairro Azul**: nome de um musseque de Luanda.
[11] **Ingombota**: Bairro de Luanda, próximo ao Makulusu.

Tenho de me ver ainda uma vez mais no dentro do espelho, mas saí já, estou na rua, tenho de me ver, me lembrei de repente que, em dez anos, terei quarenta e quatro anos, quero ver os quarenta e quatro anos, nunca saberei que nesse dia de anos meus estarei nas europas e vou soluçar ferido no que mais gostarei, nos braços da minha irmã. Não sei, mas, porquê, assim já no escuro do meu quarto onde que saí, os olhos são os dela e só dela me lembro agora, partida tão cedo de nós, que mais-nova, menor casada e odiada no fundo do meu coração? O cabelo não estará lá como é agora, restará dos lados só e isso vai ser triste porque a cara vai ser a mesma, infantil cara de anjo e vou ficar ridículo, uma calva criança. E meus olhos de diabo vão estar amornecidos, anos de anos fora da nossa terra de Luanda, dor de nunca mais lhe poder ver, poder voltar, percorrer-lhe como vou querer nas berridadas ruas discutidas com Maninho morto, que ele urinou por todo o lado e queria lavar o sangue no mijo do seu riso e escárnio para afinal aumentar a área coberta de sangue da terra que ele amava com um ódio generoso, germinador, purificante. Não sei isso ainda, nem minha irmã Zabel sabe...
– Mais-Velho! Como tu estás mudado! Nunca tiveste juízo, pá...
Vejam só como esta vaca gorda vai me receber! Trinta anos quase de ausência e a bucha dir-me-á logo o que me diz, hoje, na hora que chego esmurrado e ferido de pelejar no Manel Vieira, seu namorado de quintal, escondidinho em baixo das saias da mamã dele, funcionária:
– Cheira a xixi, o mariquinhas!
– Doutor da mula-ruça!
– Eh, Vieirinha! Vem reinar co'a malta? Queres ir à "Paga-já" connosco?... A mamã amarrou-te no pipito, só mijas a horas certas?
– Não brinco com pretos, bobis sarnentos...
– O ió muene uatobo kala sanji[12]... – sério o Paizinho fala, bilingues quase que somos.

---

12   **ió muene uatobo kala sanji**: aquele é mesmo bobo como uma galinha.

A minha irmã – e porquê nunca mana, ou maninha como Maninho, ou Mais-Velho como eu, mas só, simplesmente só, a minha irmã? – ainda tenho no bolso o telegrama que me trouxeram pouco tempo no escritório e eu ia gostar se fosse o Maninho e ter a coragem dele, ia escrever já, pelo telegrama que mandou e pela recepção que vai me fazer daqui a dez anos, eu calvo na mesma cara de criança, a cara bonita que te faz ciúmes, madame-mataco, escreveria com bela caligrafia: "minha grande e querida vaca" que és agora, eu sei, gorda e açucarada nessas pasteladas todas que consomes na tua consciência tranquila de professora de meninos e paridora de meninos ao teu marido magrizelo que tos faz por outrem com quem tu te deitas todas as noites deitada com ele e lhe levas de manhã para o liceu, para lá da ria que mija a cidade, para ele não lhe nascerem uns chavelhos maiores que a proa dos barcos moliceiros, os levas aconchegadinhos e enrolados na pasta à mistura com algodão das surpresas higiénicas, as cadernetas e os pontos vistos e classificados cheia de sono e de embrutecimento das mesmas coisas papagueadas desde a hora que saíste na Escola Normal, os levas nessas revistas de te masturbar, Querida e Coração e Grande Hotel, tua quota de sonho que ajudas a estar de pé com o teu cu, i.e. o mataco, tuas aulas, as tuas guloseimas e a tua moralidade de meretriz frustrada que és, minha vaquinha loira de presépio, minha irmã. Uma carta assim foi o que tu mereces e eu não merecerei escrever, só o Maninho e esse acabou a tinta dele, está morto. E tirei no bolso o telegrama e rasguei-lhe em mil pedaços, mais faria se pudesse. Um telegrama com o cheiro e o sabor e o valor do barrilinho de ovos moles, pontualmente, cronologicamente, enviado em todos os aniversários: da mãe, do Maninho, do meu até. Exactamente iguais, cento e vinte e cinco gramas mais o fio e o papel, obrigatoriamente da mesma casa e da mesma marca e nas cartas que lhes acompanhavam, por avião registadas, dizes sempre, para modestecer: "internacionalmente famosos"; então traduziste no telegrama de hoje, eu sei, te conheço mana-vaca, por "fraternalmente dolorosos", os teus sentidos pêsames, as saudades, as dores, como mentes no papel que o contínuo foi despachar a teu mando – lembras-te lá do Maninho! – e nem deste lhe dez tostões de gorjeta, sei-o, tão certo como dois e dois, que tudo o que ganhas é para aumentar as adiposidades do teu mataco burguês e obsceno.

– Oh, mãe! Está a vê-lo? A dizer asneiras! A meter-se com o meu corpo!

Aiuê, quente prazer de infância ver-lhe assim, dezasseis anos, quer ser uma das da-Alta, fala só das suas amigas isto e mais aquilo e eu me meto com o que nela dói mais ter e aperta com duas cintas e, depois, come vinte e quatro pastéis de nata uns atrás dos outros: um realíssimo cu. Mas eu digo como ela se ofende mais: mataco, que é uma palavra de negros e isso sempre não me perdoará, não vai me perdoar daqui a dez anos quando por lá passar, há-de dizer que tinha razão:

– Os negros?!... Seres inferiores, desprezíveis! Macacos sem rabo!...

Mas vai calar a boca com a palavra final, a reminiscência há--de-lhe marcar toda a vida até no caixão que vai ser de fundura extra, artesanal, não pode ser de fabrico de série. E vai me oferecer ovos moles e eu vou comer porque já estou cansado, sou um relógio. Quarenta e quatro anos cansam, a gente passa a suportar o mesmo todos os dias e tem pessoas que só merecem uma resposta: um cafife. Vou fazer o possível, tudo, quero encher a salinha forrada e aconchegada, onde que não entra ar da ria, com todo o mau cheiro dos meus intestinos estragados pela prisão e pelo funje mal comido de monandengue e que tu negavas sempre porque te "fazia mal". Vai ser ainda uma maneira educada de te lembrar o mataco atravancado que terás, o cansaço vai me impedir de dizer a palavra quimbunda da tua alcunha de famorosa:

– Olá, Kimbunda!

Queria voltar atrás, me ver ainda uma vez mais no espelho, daqui a dez anos, ou antes: de hoje a dez anos, mas tenho já a

dona Marijosé na minha frente. Me ver no espelho do meu quarto, na Rua das minhas Flores, rua do antigamente da nossa terra de Luanda e o Paizinho grita:
— Ansim não vamos chegar lá!
E voltamos a nos debruçar no mistério do buraco vermelho, vagina da terra, barroca descabassada por nós, pioneiros, sete, oito, seis metros de fundo. Aparece a sotavento a colina coberta de flores das acácias floridas e com os olhos só, desvio-lhes dos seios mulatos da minha quase cunhada, mostro ao Maninho:
— És capaz de seguir, partindo dali, o caminho da Makokaloji?...
É outro jogo onde Rute não entra. Mas quando lhe procuro os olhos ela sorri do nosso recordar. As mulheres que amam, de tudo tiram mel da vida — abelha-mestra que lhe fabrica da morte do zângão, escuta e sorri como não vai sorrir nunca mais, ainda não tenho a certeza.
— Só há uma maneira, Kibiaka. Vês no muxixeiro? Tirem os cintos!
Este sou eu, o matemático, o objectivo, quem que quer certezas, que vi e mando. Paizinho tira, Kibiaka não tem e eu estou com o meu na mão. E então, com arco de barril — catana, cimitarra, alfanje, misericórdia, bouinaife, tudo que nós queremos — tiro as cascas no muxixeiro. E faço a corda. Quatro metros, dez metros? As cassuneiras se riem de nós como vão se rir os sacristas do Bairro Azul e tem de passar porrada, gapse e bassula e pedrada? Não pode. Olhamos todos no fundo da caverna do feitiço, só Kibiaka, que tem medo, finge está ver o vento ou alguém nos perseguiu para adiantar roubar a glória e o tesouro escondido lá.
— Eu vou primeiro!
Uma voz só que podia dizer isto, só um loiro cabelo de carapinha e os olhos de meu pai, padrinho de mentira dele: Paizinho, o nosso maior capitão-mor de todos os musseques da nossa terra de Luanda, aí, nesse dia, nossa coragem reunida. A corda inventada vai até no meio e ele dependurado no fim dela, fica quase a tocar o cimo das cassuneiras, flores da mupinheira. Baloiça e

olha para cima: redondo de céu azul, lua cheia com as manchas de nossas caras sérias, esperantes, é o que eu penso ele viu, antes de cair no vácuo, desconhecido, no mistério da caverna e o seu grito dele nos bate na cara banza:
— Enu mal'é![13]

E todos estamos já mirar no redondo do céu azul sem nuvens oito metros acima de nós, o tronco debruçado do muxixeiro só, e a corda a se baloiçar no vento. Os sardões fugiram, outros estão esmigalhados nas fisgadas certeiras. O fundo é de barro branco, húmido e fresco, pemba de quimbanda e feitiço. E o vento zunia lá em cima na boca do inferno onde que voluntariamente descemos. Olho Paizinho, os seus olhos olham os meus; olho Maninho, idem, idem; Kibiaka, esse, chupa flores de mupinheira, guloso de doces. E espetamos os arcos de barril no chão e arrancamos a pemba e embrulhamos no lenço de Maninho para os fidascaixas do Bairro Azul verem e aprenderem que nós as temos no sítio. Junto com tudo, quatro sardões azuis--esverdeados, mortos, flores de mupinheira, bagas de cassuneira, cola que chupamos. O vento zune e Paizinho põe a mão no meu ombro e ri e eu rio:
— Descemos, póp'las!! Enu mal'é!

O arco de buganvília parte-lhe, espeta quatro flechas de catandu e pena de galinha-de-mato no buraco onde que roubámos o tesouro da pemba, nossa marca, bandeira de quem que chegou primeiro. E nossas fisgas por volta e ele, Paizinho, vira mais-velho, recita as palavras rápidas, quimbundas, palavrinhas que não oiço, e confusas, que a gente não percebemos mas temíamos nos olhos arregalados, aterrorizados, de Kibiaka. O canivete na mão, pequeno corte no pulso, um, dois, três, quatro, o sangue em pequeninas gotas, que o Paizinho sabe fazer o golpe, e aí lhe vejo primeira vez o nosso sangue: o que deu os meus olhos no Maninho e no Paizinho e a mim, um líquido simples e escuro esfregado no ar e é a primeira vez que vejo o sangue de

---

[13] **Enu mal'é!**: Vós sois homens!

Maninho e nunca mais lhe verei, ficou todo lá, no capim chão onde lhe deitaram a chorar por não ser em combate, para ficar da cor da farda que lhe embrulha, tapado nas moscas, antes que a salva do estilo vai-lhe acordar no sonho de amor que, no ódio do próprio ódio, queria construir. Vento por cima das cabeças, pemba nas mãos, amassada no sangue, olhos brancos de flores de mupinheira, vermelhos olhos e bagas de cassuneira a olharem e nossos pulsos todos colados uns nos outros e as vozes vêm eu oiço olho o espelho dos quatro olhos que me olham e me olharam lá também:
– Juro sangue-cristo, hóstia consagrada, cocó de cabrito, não trair nada!
Paizinho, sacerdote mulato:
– Nossa amizade, traição nada!
Kibiaka, procurador de maquixes e quinzares, tradutor:
– Ukamba uakamba...
Bilingues quase que a gente éramos, o terceiro canto do juramento, a palavra, como era então? Olho nas flores brancas, mamã Marijosé me deu por sua felicidade e as de mupinheira ainda são o mel que na lembrança da boca guarda. Como era então, xíbia?! Ukamba uakamba... Ukamba: amizade, qualidade ou estado de amizade, como assim se diz estar em acção de graça, mesmo: estar em acção de amigo; uakamba: que falta, não tem – (uakamb'o sonhi, uakamb'o sonhi, kangudu ka tuji[14] – me xinga a puta Balabina na hora de espiar-lhe nas pernas vermelhas de coçar sarna); e o resto como é então? Preciso lembrar, quero rir com estas flores de mortos na mão, casaco-e-gravata, telegrama de óbito da "Kimbunda", obsceno e breve, rasgado sempre colado na memória e rir como não ri porque a mãe sofre, eu vejo que ela sofreu já mais nesta semana de África que em toda a sua vida que passou, deitada que foi pela borda fora, mar oceano, no *Colonial*.

---

[14] **uakamb'o sonhi, uakamb'o sonhi, kangudu ka tuji**: Não tens vergonha, não tens vergonha, branco de merda!

O meu pai disse:
— Iauuaba![15] — e o Maninho ri.
Disse:
— Uatouadinha![16] — e Maninho ri.

Bilingues começávamos a querer ser, tu no riso loiro e limpo de tudo beber natural, eu no calado secreto de querer saber e conhecer o que não era meu. Mas a mãe tinha uma cara de fundo sofrimento, ouvira aquelas palavras cantantes que mais o afastavam dela e lhe aproximavam da mesma fala cantante e rida que adiantou ouvir, ao desembarcar, nas Portas do Mar e a lavadeira nessa hora repetia, muxoxando no pai, senhor seu sô Paulo:
— Iatouadinha, ngana iami![17]...

Bilingues quase que somos e a vaca-gorda nos escreveu lá das Universidades do Puto[18] por onde que andava a menguenar o mataco de cavalo-de-cem-moedas: "renovei o Bilhete de Identidade e consegui que escrevessem, na naturalidade, S. Paulo da Assumpção[19]. Pensarão que é como S. Pedro de Muel[20]...", se livrou da palavra que cheira a catinga, a negros, a comerciantes, a fuba, a escravos e sangue e ao mijo do Maninho nas pedras seculares e históricas, à alcunha "Kimbunda-Cuzão": Luanda, nossa senhora de amar, amor, a morte.

Me apetece xingar-lhe de quitata-de-merda mas a mãe está a olhar para mim e calo a boca. E agora já não sei como é e isso dói mais que tudo o que ela me escrevia e eu nunca lhe respondi nem autorizava a mãe a pôr lá: beijos do teu irmão Mais-Velho.
— Ukamba uakamba... ukamba uakamba...

As mãos quietas no regaço, o terço que vai rezar depois de

---

[15] **Iauuaba!**: É bom!
[16] **Uatouadinha!**: Está doce!
[17] **Iatouadinha, ngana iami!**: Docinho, meu senhor!
[18] **Puto**: Portugal.
[19] **S. Paulo da Assumpção**: S. Paulo d'Assumpção de Loanda; nome oficial dado à cidade de Luanda no século XVII.
[20] **S. Pedro de Muel**: nome de uma cidade de veraneio situada ao norte de Lisboa.

lavar a loiça até que, cabeceante, vai se deitar, a mãe ouve o noticiário porque estou ali ao lado a mastigar depressa as couves com azeite e as batatas cozidas com a pele que, todas as noites, com sal, muito sal, manias deste rapaz, vejam lá, só peixe e vegetais, senão já tinha ligado para a emissora católica, ouvir fados. Ou então pede para eu ler o jornal, ler-lhe alto e isso é para mim fino prazer, silabar-lhe todo, modo de ela perceber bem, fazer-lhe compreender aquilo que ali está a pôr à prova o seu bom senso de sua ignorância involuntária. Ouve a pergunta mas não lhe interessa a resposta, estou a ver nos seus olhos, a resposta é essa certeza quieta e calada que mora dentro de si, nasceu no dia que decidiu acreditar que é assim esta gente, convida os patrões para padrinhos dos filhos, sempre não sabem nunca quem é o pai. E se o Maninho é mobilizado, mãe, vais conservar esses teus olhos assim tristes do teu bom senso, do teu instintivo saber e errado?
– Credo, filho! Achas que isso é verdade, essas barbaridades todas?
Posta assim a pergunta, se é verdade ou mentira, como lhe posso responder, a ela, que logo lhe classifica? Como vou ainda separar as coisas para explicar muito bem, peça a peça, palavra a palavra, e depois, juntar tudo e então aceitar o classificativo, dizer-lhe sim, dizer-lhe não? Como então, a esta mulher que sempre não aceitou permanente e baton nos lábios toda a vida até hoje, mesmo com os olhos do pai a fuzilar-lhe:
– Nem se pode ir com esta parva a parte nenhuma...
E lava e engoma e cozinha e não quer, não quis, nunca vai querer criados até que as forças e o hábito e a morte lhe obriguem a acabar o ritual diário de formiga condenada. Se trabalhou toda a vida, como vou lhe dizer: sim, mãe, é verdade, não sendo só verdade? Como não lhe falar: é mentira, e não sendo só mentira?
Navego o quadrante do rádio, ximbico para leste, está na hora, e a voz pausada se ouve bem, hoje, tão bem que lhe abafo e faço sinal e ela chega, obediente, a cadeira perto do altifalante, como assim num confessionário e encosta o ouvido e ouve o homem de

longe dizer outras coisas que ela sente e não percebe e lutam no seu bom senso e seu cafofo conhecimento de ver todos os dias:
– Credo, filho! Achas que é verdade isso, essas mortes todas?
Mãe: tu és uma colona, ouviste? Uma colona, é assim que tu és. Colonialista, colono. Como é te vou poder fazer aceitar a verdade e a mentira que não podem se separar assim à toa enquanto a gente não soubermos tudo, como vou te explicar que a verdade é mentira aqui, hoje, nossa terra de Luanda, 1961, o Maninho na Universidade, eu meio desempregado-meio empregado, o pai morto, tua filha Zabelinha professora em Aveiro, que sim, matar-te-ão, matar-me-ão e vão dizer com justiça: era uma boa branca, era um bom branco? O bem que tu fazes, mãe, as sopas que dás, as esmolas que dás, os serviços que dás, os matabichos que dás, é o mal, é o pior mal: fazer bem sem olhar quem, tu vives de frases feitas no teu bom senso de camponesa que és ainda e esse bom senso é muito perigoso. Fazer o bem sem olhar a quem é diminuir, é insultar – primeiro é preciso que reconheças esse a quem como alguém que não quer o teu bem, quer outro bem e então, sim!: faz o bem e não olhes a quem, ama o próximo como a ti mesmo, assim como fizeres assim acharás, não o saiba a esquerda o que a direita faz, então sim, isso será bom e justo, minha triste e desiludida mãe que me olhas e ouves o hino final da emissora estrangeira e estás pensando, e eu sei e leio nos teus olhos e não te quero dizer que sim nem que não, já sofreste muito, já morreste muitas vezes, humilhada e cansada, e ainda te falta ver o filho do riso loiro seco de sangue e morto, terrorismo, colonialismo, em baixo do tule branco por causa das moscas. Pensas, leio e só sorrio porque tu sempre confiaste no meu sorriso na cara de anjo que a prima Maria diz que tenho:
– Será o meu filho bolchevista? Minha Nossa Senhora de Fátima, velai por ele!
Tu és uma colona, mãe, é assim que te respondo calado, vi as tuas mãos calosas remexer no rosário. Uma colona; um alguém que ocupa um outrem, indevidamente dizem, e acertam

e erram; por causa da tua presença alguém não tem presença, és causa de mortes diárias e seculares injustiças. Mas olha, mãe! Com bolchevismo, como o teu bom senso me acusa, ou sem ele, como o meu sorriso te convence, não embarco assim lá muito nisso, sabes? Por isso que sorrio: por tua causa, mortes diárias e injustiças seculares? Mortes diárias e injustiças seculares, sim. Mas não sei, não conheço a tua conta no Banco, só que desconfio e rio...

    Sabes, mãe: és uma colona; ocupas um lugar que outrem não pode ocupar e tudo isso é a pura verdade – mas não será esta lei só lei de física? – mas desconfio, mãezinha, que és como tens sido sempre desde que vais começar apanhar azeitona dentro de Invernos frios e descalços da tua infância, um bode expiatório. Mas se não existisses e contigo outros e outras e outros e eu, como ia ser então que uns tivessem lugar que outro alheio não vai poder ocupar?

    Vou aqui, saio na casa, estou na Rua das Flores e à vista da velha Marijosé, cuidando a morte em suas flores, olhei na minha mãe bem nos olhos, quero ver-lhe bem sua larga cara tudo quanto a minha cabeça construía e aceitava e nada estava se revelar. Errava no caminho? Olhava e juntava-lhe com milhares de outras que conhecia ou vira ou lera ou sabia que existiam e sempre eram aquelas mãos grossas de unhas curtas e negras do trabalho, aquelas pernas de varizes que não se equilibravam nos sapatos de salto alto e dou graças a Deus, eu, que não quero crer nele, na sua existência objectiva, te rendo todas as graças como ensinaste me em criança por Carmo, Sé, Cabo e S. Paulo, que nunca tenhas pintado os lábios, minha mãe, mesmo que estale de dor no meu coração e me apeteça matar-lhe quando o pai insulta:

    – É uma parva! Nem se pode sair com ela para lado nenhum! Songamonga!

    Velha palavra de infância, insultuosa na boca do velho Paulo e que tu, Maria, aprendeste e, por ela, pelo teu dizer dela, cheguei então no teu coração de louvadeus-fêmea, sangue linfático,

como os teus lábios, sedentos do vermelho dos meus, iam me ensinar desde princípio se eu não fosse isso mesmo que tu me chamaste, aprendeste as palavras no avô Paulo:
— Songamonga!

E querias me dizer que namorara contigo dos doze aos vinte e quatro, que tu é quem me ensinaste que mais de vestido, combinação, sutiã, cuecas, as mulheres usam, de vez em quando, outra coisa que se pode considerar peça de vestuário e que não era as cintas reforçadas para o cu da minha irmã. Que tu é que adiantaste me beijar, que tu é que primeiro mexeste nos botões da minha braguilha; que tu é que dizias quando e como e porquê querias me devorar e defecar. Que tu é que deixaste-me e voltaste depois, um ano depois, não estavas morar já connosco muitos anos, humilde, a rezar pela minha cara de anjo e no primeiro cobertor que nos tapou, num canto dum armazém que cheirava a couros de sola e sapatos velhos abandonados, enquanto a mãe pensava a gente na matiné com o Maninho, fizeste-me jurar que jurava que acreditava que não tinhas sido de nenhum nesse tempo, em vez de ser eu a querer essas juras, de te morder e devorar e bater e flagelar e te obrigar a jurar a ti, tu, minha Maria do liso nome e suave sem ruga doutro nome a estragar-lhe, do suave e liso loiro corpo, que ias-me devorando todo no que eu tinha de mais meu e queria dar: a tristeza do dentro de mim que os meus olhos de diabo fingiam mal, brilho quieto. Mas tu, que nunca tiveste uma dúvida, que nunca sofreste, como podias ainda saber que sem tristeza um homem é menos que nada?
— Songamonga!

Fotografia é que aceitei só e riscaste na dedicatória com a caneta de permanente preta, enchias-lhe com tinta-da-china diluída para me escrever, raivosamente, porque eu ia aceitar o que pensavas eu não queria. E ainda digo a última palavra de carinho que me falaste, era o vazio do elevador e lágrimas que querias de ódio e hoje eu sei eram de amor:
— Panasca!

E sabias que não me ferias, sabias que eu tinha sempre os meus olhos acesos quando tu partias e eu sentia o orgulho mais puro que até hoje senti, o mais puro e durável, por te ver assim, louca e balbuciante, por te fazer esquecer tudo nesses minutos, desligar-te de ti, veres a terra a girar azul no cosmos do teu útero, acácias chorando sangue em cima de nós ou os meus olhos sobre ti obscenos como holofotes de polícia e depois, sabes, Maria, depois eu fechava esses meus olhos na hora que tu abrias os teus, acordavas, espantada, desse cafofo voo cego que tinham te feito e nem conseguias lembrar mais no caminho, lembrar só, e aí eu sabia, com os olhos fechados, que os teus me fuzilavam de ódio, deviam de brilhar de ódio por te fazer isso que era para ti a suprema humilhação: nunca me poderes devorar todo.

Legítimo é o teu ódio, Maria. Esqueceste doze anos de tua loira vida a tentar amar-me como querias e, sem querer, te derrotei. E até posso pedir perdão porque me ensinaste que nenhuma mulher que ama verdadeiramente perdoa que não partam com ela nos paraísos que no amar descobre. E nunca mais seria orgulhoso. Amor feliz, tem?

São árvores velhas, mussalo onde que o sol se coa, entrei nele pela mão de tua memória, Maria, largo abandonado nos meus pés, mas te deixo aqui, sei que aí vou dar encontro no Maninho e Rute e tomo cuidados para não empoeirar os sapatos que engraxei. Não quero que o Maninho vá rir no meu ar abandonado. Ele era o melhor de nós, merece que eu quebre o preconceito que armo em antipreconceito: e fica sabendo, Maninho, que olhas da inscrição que estou a ler no monumento, fui eu que os engraxei por minhas mãos. Isso te dará prazer, mais que as flores mortas duma mãe que tinha uma filha que amaste e cheirava a rosas no peito. Com as minhas mãos.

Cá estou eu, largo amigo, das noites que a minha Rua das Flores cheirava demasiado a escravos e às palavras de Maninho, demasiado vivas no cemitério das quatro paredes abarrotando de livros, inúteis no riso de tua voz. E saímos para a rua: o Coco e ele atrás discutindo, mania de sempre. E eu só lado a lado com Paizinho – calados vemos as árvores e sorrimos à enorme sombra que ali esconderam, vergonhosos: um canhãozeco velho e esverdinhado, colocado em cima dum monte de argamassa, uma placa com inscrição – e nada tem que ligue estas três coisas, só mesmo nosso riso, a inutilidade de tudo e a confissão de vergonha que o pôr-lhe ali quer dizer.

– Frustração, masturbação secreta, complexo de vergonha pelo ex-sexo viril da conquista e do comércio da Etiópia que aqui está, murcho e roído nos anos, com uma tesão de vinte graus só devidos a pílulas de uns discursos...
Se fechou mesmo de verdade, essa tua voz irreverente? Maninho: nunca mais mijarás nos pés deste monumento? E brilharás tuas lágrimas na raiva que berravas no Coco: "Matavam, morriam, assassinavam, fornicavam, traficavam, fundavam mundos, destruíam mundos, mas eram homens, porra! E a um homem não se lhe levanta este cagalhão envergonhado, no meio de árvores maltratadas, num largo de areia, para vir na data aprazada com os papéis higiénicos dos discursos decorados..."

E eu que olhei Rute para te desculpar na linguagem e lhe via já envergonhada nas palavras que estava ouvir, essas palavras-fezes e a vi sorrir? A primeira vez que lhe vi sorrir no que tu dizias, sabes? Não, não sabes e não posso te dizer mais, já não me ouves. Mas eu gostaria de dizer-to, seria uma homenagem e até isso o buraquinho cu d'agulha levou embora: a tua noiva, amante e mulher que nunca mais vai acreditar que morreste e passará os dias a cantar uma surdinita canção de amadora e a falar contigo e a rir entre paredes nuas, sorriu o mais belo sorriso que ela tem na hora que disseste: cagalhão envergonhado!

É assim que nasce o amor: dum pé de flor, duma dor, duma palavra fora de lei.

– Sempre é uma branca! – ruge o pai e eu me escondo, vou ouvir outra vez o que oiço sempre e não aceito mais asneiras nem pernas vermelhuscas, cobertas de sarna, as coxas trituradas que

eu jurava não ia ver-lhes mais e sempre ia espreitar, fascinado, e o chapinhar da água na bacia atirada de baixo para cima e voltando a cair e ela voltando a atirar-lhe e a berrar:
— Já vou, xíbia! Têm uma pressa, esses gajos!...
Mas a minha irmã gostava só estar em casa da puta Balabina, branca, vermelha e velha, e a minha mãe chora porque o pai ruge e ameaça:
— Sempre é uma branca! Agora os teus filhos, sempre no negro do capitão, na casa desse negro da velha Ngongo, isso é que é uma educação!... Todos fazem pouco de mim, todos a fazer pouco de mim. Rais m'abrasem se eu um dia não os corto a chicote!
Os teus filhos! Minha irmã tem sete anos, eu doze, o Maninho dez – mas minha irmã só quem tem menos um ano que os anos que temos da nossa terra de Luanda. E por isso ele diz: os teus filhos. E estou sentado no colo dele, a barba pica-me áspera e ele canta, que eu peço:

Perdi meus olhos na guerra
Com eles tudo perdi...

Maninho não quer, não aceita, quer a outra, ele mesmo que começa a entoar: Agora que já sou velho, mijo calças, mijo tudo!, e os três fazemos coro então, sentados na porta da casa, Makulusu de areia e a mãe feliz, sinto no modo de deitar o peixe na frigideira, lá debaixo do pau do quintal e diz na minha irmã:
— Cala a boca, Zabelinha! São cantigas de rapazes!
De rapazes?
— Como é, Mais-Velho? Como é, canta lá, xíbia! Não tenhas vergonha, a Rute não repara, tens uma bela voz, Mais-Velho, uma bela voz e eu quero rir-me até às lágrimas, este gajo do Coco já me está a chatear com os documentos que anda a roer, parece uma salalé de óculos, o sacristão...
E como Rute não pede – "Se me pedir, juro sangue de cristo, hóstia consagrada, cocó de cabrito, não canto nada!" –, me

conhece já, sou de silenciosos assentimentos, eu canto porque quero ver essas lágrimas nos teus olhos, quero ver outra vez tua mão alevantada a dizer o que a garganta não pode, esticada toda do rir que te possui, quero te ver ainda, Maninho, levantar dos pés do monumento a Paulo Dias de Novais[21] e correr agarrado na barriga porque se não sufocas de riso e por isso canto e Rute tem um ar sério, é um jogo que ela não sabe, carolo e riso, catoto e abraço, e canto como me apetece cantar agora, agora que o teu caixão aí vai coberto com a bandeira bicolor, no silêncio de espera da salva do estilo, a espada e o boné em cima dele, balouçando como o nosso barco num vento à popa, são quatro de estatura, peso, sentimentos e passos diferentes que te levam no buraco vermelho aberto, vagina de barro, teu último Makokaloji:

A chita da minha blusa
Já se não usa
Está-se a rasgar
Não quero a tua riqueza
Quero a pobreza
Do Salazar!

– Carta de doação de D. Sebastião[22]... Paulo Diãz de Novais e os seus herdeiros de capitania e governança de Angola e é com ortografia da época e tudo: "ponha na dita terra e capitania cem moradores cõ suas mulheres e filhos que entrem alguns lavradores com todas as sementes e plantas...".

---

[21] **Paulo Dias de Novais**: explorador português que, em 1575, numa segunda viagem a Angola, fundou a povoação colonial de Luanda. Em 1560, quando chegou à Baía de Luanda pela primeira vez, foi feito prisioneiro por Ngola Kiluanje e libertado apenas seis anos depois.

[22] **Carta de Doação**: era um documento em que a Coroa Portuguesa concedia uma capitania a um capitão donatário. Neste caso, é referência ao documento, de 1571, em que D. Sebastião, à imagem e semelhança do estabelecimento das sesmarias e capitanias na América, autoriza a colonização de Angola, concedendo a Paulo Dias de Novais o título de "Governador e Capitão-Mor" da região.

Não te vejo rir, meu cassula, nessas palavras históricas que o Coco encornou porque quer factos, documentos, rejeita demagogias, mas só o luzir dos teus olhos meus, tua voz que faz estremecer Rute no meu lado:
 – E libambos de escravos! Cestos de narizes e orelhas cortadas para negro ver, não é verdade?
 Também sei, Coco, também sei e é por isso mesmo que eu te estou falar assim: era a época, era a mentalidade, era matar e morrer, era uma lei que nem sabiam que obedeciam, sei-o como tu; mas tudo saber e tudo compreender não é tudo aceitar; não venhas me pedir para, daqui, do ano 1962, aceitar, na nossa terra de Luanda, aceitar, não venhas me pedir para compreender. Era a mentalidade da época, mas a época já lá vai e a mentalidade ficou e isso é que não pode ser, meu amigo Coco que róis documentos. Não pode ser! E depois, tem uma coisa que não podes deixar de dizer como disseste porque és honesto, Rute riu para mim, como ela é bela e sossegada, como ia ser bom se ela mexesse o seu dedo mindinho sobre as minhas veias inchadas, é que tu disseste: carta de doação, e apaziguar o meu sangue que ferve, porque também compreendo, mas compreendo melhor do que estou a explicar no meu amigo Coco, ah, Rute, Rute, me deixa acabar com este salalé dos arquivos que eu te sorrirei, juro que sim, vou te sorrir, e quero ver como me sorris porque daí tirarei a vida: fel ou mel, o amor.
 – Doação? Quem lhe deu poderes para isso?
 Melhor ainda, amigo quase cafofo, sem óculos és mais feio, põe os óculos e não te enerves: melhor ainda. A carta de doação somos nós que vamos fazer, mas não aproveitar, é isso, ando há um ano na guerra, tenho sangue em todo o lado e isso autoriza de te dizer: vamos selar a carta de doação, nós, que combatemos e nos olhamos e matamos uns aos outros. O resto pertence à história: se a época foi, a mentalidade tem de ir, nem que seja à bomba, à granada – e nós, meu amigo, somos mentalidade e só pertencemos à história já, hoje, aqui neste largo, em baixo destas árvores e este luar da nossa terra de Luanda. Mas tu não:

deixa-me te sorrir que quero pôr no teu ventre outra mentalidade, porque outra época, me deixa escrever na pele e no fundo de ti a carta de doação, sim?

Leio tudo isto em teu olhar, Maninho, que estás de licença, dois dias, olhas esta mulata que me faz tímido assim muito sentada perto de mim e Paizinho vadia por ali silencioso a remexer os problemas que nem eu sei ainda, neste momento que te vejo levantar, deixar o Coco a esbracejar no pó da história e rir para nós, capitão-mor do reino que és com teus chapins, tua espada e chapéu de plumas e sorrires para ela, quieto, diante dela: um pé de flor no ar é o que és, um ai de dor, uma palavra fora de lei:
– Vens comigo comer um baleizão?
Estás deitada de costas, sobre a cama da mãe, os olhos secos, ainda não acordaste e o que vai ser na hora de despertares? Riso, choro, quatro paredes brancas e uma cantiguinha de namoro todos os dias cantada, infantil?
Nunca serás de outro homem. Te oiço calada dizer que, de moto próprio, certa ciência, poder real e absoluto, hás por bem fazer mercê e irrevogável doação entre vivos valedoura, deste dia para todo o sempre, a Maninho, meu cassula.

Sei, porque disse-me minha mãe, que a primeira vez que comi galinha foi no dia um de Maio do ano que chegámos a esta nossa terra de Luanda. Só seis anos quase que eu tinha mas é como assim hoje que estou a ver-te, Maninho, como é então que tu dizias?: "galinha de domingo, uatobo kala sanji"[23], que é o meu cassulinho irmão, coberto de tule na semi-escuridão cheia de respeito que os bocejos e olhos cansados querem derrotar. Respeito na tua dor, mãe, e no teu cansaço e vens assim bater-me no peito e repetir toda ela chorosa: praquê, praquê, praquê, mas não me peças que te olhe, não me obrigues a ver neste momento. Eu estava lá, contigo; o Maninho também, e o padre da freguesia estava paramentado, caixeiro-viajante de bênçãos e os acólitos atrás com seus sacos e cestos e tu estavas bonita e nova, a tua cara larga brilhava saúde e alegria na tua tranquila consciência nascida na fé e na cega crença metida nos pés milenários de correr Invernos e varejar azeitona com a bênção do senhor prior. E seguravas a galinha pelas asas, cautelosa, modo de ela não cacarejar e eu com a meia dúzia de ovos, três em cada mão infantil, envergonhado, de burrinho amarrado disse ele, o padre, a rolar os érres: burrrrinho-amarrrado!

E eu quero chorar, tenho quase seis anos, a mãe diz eu sou o homem da casa e este homem vestido de mulher está a passar a

---

[23] **uatobo kala sanji**: Parvo como uma galinha!

mão dele branca e macia, nunca mais senti uma mão assim, a do avô é toda engelhada e a da mãezinha áspera que dói, no mataco, na cara, passa essa mão branca e os cabelos doem na raiz, se vê bem ele não sente a força que está fazer, nunca teve crianças para lhes fazer festas, não olha para mim, é uma mão cega, alavanca de máquina, olha nos olhos da mãe abaixados e a sua voz humilde a dizer:
   – Sim, senhor prior... muito obrigada, senhor prior... com a graça de Deus, senhor prior...
   Seis ovos, estendo-lhes ao mesmo tempo com as duas mãos e a galinha amarrada nas asas e não sei para que é uma galinha, nunca lhe comi, não sabia que era bicho de comer.
   – Vão para África, então? O Paulo decidiu-se? Não erra lá muito bom parroquiano... não ia à missa... Para África, anh!? Para a terra dos prretinhos, civilizarr os prretinhos?...
   A mãe se despede, beija-lhe na mão, ele nos salpica e eu quero me rir porque o Maninho, no canto dele, está a pôr caretas, a língua de fora e eu não desamarro o burrinho, não aceito, e ele nos atira com a água, nos salpica e eu guardo as suas palavras até lhes ouvir agora, aqui, na igreja mais que secular de Nossa Senhora do Carmo da Ingombota, na nossa terra de Luanda, e são uma ironia nas caretas que o Maninho não pode mais fazer, um morto morto é um homem sério, senão o riso escondido dos que lhe velam vai ser um remorso nos seus futuros funerais:
   – Dominus vobiscum!
   A égua a trote, os alforges pendurados, o chapéu preto, alforges ou seirões? e os acólitos correm o pó do caminho agarrados à cilha, um de cada lado, é assim que eu lhes vejo hoje e sempre, ao olhar o padre do Carmo, é assim que lhes vejo sempre e me rio, na escola, na hora da menina Victória querer que eu leia "O velho, o rapaz e o burro" e eu sempre de castigo, orelhas-de-burro, porque não chego no fim, rio-me com todas as lágrimas e depois levo vinte e quatro palmatoadas em cada mão.
   – Dominós ó bispo?

— Teu pai é Francisco!

O camarada que abre-me a porta nestas litúrgicas palavras mussecadas volta na mesa, está de camisola interior e cuecas, come um mamão vermelho, uma papaia da Funda, come-lhe com uma colher partida pelo cabo e vai a uma peúga amarrotada dentro dos macambiras, tira uma bola de papel, desdobra-lhe, desvinca-lhe, mas ele teima com seus vincos e eu vejo uma caligrafia miudinha, ele escreveu isto, aposto, "juro sangue de Cristo...", sentado neste chão de areia batida, a cadeira era a mesa e um coto de lápis, desses que ele gosta – pois é a letra de Paizinho.

— Passar a setêncil, é a ordem dele...

— Porreiro. Nunca chegará a este funeral, ainda não sei isso, e adianto puxar o relógio debaixo do punho da camisa grande de mais para o casaco alheio, mas ele quer me olhar como o Paizinho foi obrigado a vir me olhar frente do balcão do meu escritório, o capitão ainda não vai me telefonar, a mãe guardava já, ou depenava ainda, o churrasco para lhe pôr na geleira e Rute batia as teclas nas dactilografias dos ofícios e relatórios e olhava o mar da janela envidraçada da secção e sentia já o mar, o barco ao largo ou à bolina, "caça, Mais-Velho, caça mais, mete na orça!" como assim no dia de há dois anos quando lhe vira a morte no riso, o riso que ia sair amanhã. Só a morte não saíra, dois anos passam depressa – "... meu amor, três meses de campanha, a minha pistola-metralhadora está virgem..." – e o coração se habituou a esperar-lhe, a ver-lhe ir, a voltar, a não saber dele, o amor virava um número que punha nas cartas diárias. O capitão ainda não tinha chegado com o sorriso de Maninho nos seus olhos para lhe pôr ao lado do seu cadáver exangue, aos pés de nós que lhe amávamos, ele, o melhor de todos, aquele a quem se estendiam peles de jovens com seus belos corpos macios. E só disse:

— A sua prima Júlia, do Golungo, lhe mandou um cacho de bananas. O camião está no Hotel Nacional. O senhor passa lá ou quer que lhe traga aqui? – as palavras combinadas, perigo.

Medroso coração que pregas partidas, saltitador cobarde que fugas o sangue nas pernas e onde ele não se vê e me deixas assim branco, pálido e a roer os dentes, a bocejar, a querer que os gramas de cérebro te puxem, te amarrem, te dominem e te façam escorrer tranquilo e calmo, rio, com vento ou sem vento, com lua ou sem lua, e tu és um cobarde, meu sangue vermelho de gotas amassadas na pemba do juramento infantil: "juro sangue de Cristo...". E tu, irmão, meio-irmão meu, meio sangue deste e olhos como os meus, serenas o fugir da coragem, capitão-mor dos musseques que és – ele, o homem do mamão da Funda, foi preso? É isso, o cacho de bananas? Vai aguentar? Não vai aguentar? Só sabe que é um branco que disse "teu pai é francisco", só viu-me uma vez. Espera, Paizinho, não vás ainda, vem aqui, senta-te no meu lado, falta pouco para levarem no Maninho, quatro mãos diferentes e uma salva do estilo, a bandeira quieta, hoje não tem vento. Mas tu nunca virás a este funeral, tu mesmo é que mandaste, era na porta já, eu estava a dizer, voz alta em cima das palavras que sussurraste: "nunca mais nos encontramos até eu te mandar avisar":

– Olhe! É lá mesmo, nessa rua... Dona 'Estrudes, faça-me esse favor, deixe lá o cacho de bananas...

– É assim que se diz, senhor: um cacho ou um caicho? É assim que se pronuncia: caixote ou caxote? Gosto de o ouvir falar. Ah! Pronuncia?! Mercês lhe faça Deus pela correcção!

Nunca tiveram dez anos só e sendo altos para a idade e sabendo ler e escrever bem, foram tratados de senhor por um operário encardido para toda a vida pelo pó e fumo de uma forja? É a isso que eu chamo o começo da felicidade. Ou de uma dor funda, como tu sabes, Maninho, como tu não sabes, mãezinha, e queres que eu levante daqui e vá lá ao fundo onde o senhor Brito prèguntou por mim. Não vou, mãe, não vou. Porque ele me fez o mais pior mal que alguém podia me ter feito, porque ele me fez doer tanto como a morte do teu filho cassula, porque ele matou em mim essa felicidade de criança que eu era, o prémio da minha curiosidade de bom aluno – "Ah?! És o inteligente, o que sabe tudo, desenhos até?..." – saudades, Maria, saudades! E antes esta tua natural ironia cruel que aquilo que meus olhos vão ver e não esquecem senão na hora de a terra os regar.

Por ti ardem círios, guiarão tua alma na escuridão das trevas, e por ele, quando lhe viravam para cima a mãe dolorida engolia ainda a areia dos olhos frios e esborrachados, ao grito secular: mon'ami, mon'ami! a-mu-jibila nê![24] e no fundo de sua camisa e calça branca, que tinham rasgado para procurar no calção azul da lista lateral ou cinto de fivela ao lado, ou pasta sob o braço, ou óculos escuros ou tudo que o medo e o sono da razão criava monstros e sinais, a tua negra vestimenta, os panos espalhados e abertos eram enorme morcego a devorar no sangue que já não tinha. Quem que acendeu uma vela só, pequeno coto de guiar a alma desse homem saído em seu emprego, caminho de sua casa, e de repente oiço a turbamulta a correr, a berrida em todo o lado, abro a janela, se esvaziam as esplanadas da Rua de S. Paulo e só tem um grito uníssono de muitas bocas:
– Mata o negro!
e ninguém mais que sabe qual é, tem cento e tal mil ali, quase, onde eles gritaram todo o medo e é só escolher. Tu viste, Maninho; eu vi, Maninho; e o Paizinho é que fechou a janela porque tu ias saltar por ali mesmo e eu te segurei nos olhos, três vezes dois os mesmos olhos, são seis olhos que se olham: desesperados por não poderem sair e mostrar a sua bela cor de ódio, uns; de justiça, outros; de tristeza, os meus, desesperados, por se mostrarem assim, se pondo na frente do homem de branco encostado na parede, as palmas das mãos, brancas borboletas esvoaçando na cara da matilha cautelosa, brancos mabecos:
– Não sou eu, patrão! Não sou eu, patrão! Juro!
Olhos do tamanho de ovos e o medo de todos os lados a cerrar o círculo, punhos fechados, as janelas fechadas, o vento de morte corre nas ruas, vento de cazumbis solto sem quimbanda eficaz

---

[24] mon'ami, mon'ami! a-mu-jibila nê!: Meu filho, meu filho! Mataram-no!

para dar berrida, bungula a morte. Punhos, pedras, paus, arcos e gritos poucos, o arfar só dos peitos, anh! anh! toma!, as corridas dos atrasados:
— Mata o negro!

Ia chegar a casa, faltava pouco só, ia já riscar no calendário de sua cabeça mais um dia, seria o sétimo dia em que morre de manhã, das sete às sete e meia; ressuscita das sete e meia dentro do escritório, até às cinco; começa o calvário, a via-sacra, a subida do seu gólgota pessoal — calçada da Missão, Kinaxixi[25], cada vez mais pequeno o coração, mais ágeis os olhos, mais quietos os olhos, sem olhar, vendo só tudo e todos e fingindo a indiferença que seis dias tinham ensinado já, meio sorriso despreocupado, cara séria, ar de pai, toda a sabedoria que seis dias de morte na rua ensinam a um ser. Ia ser o sétimo dia, descansaria na música da água na panela de mamã, e mamã está em cima dele, morcego de dor e lhe beija nos olhos esborrachados de areia vermelha, onde que tem nódoas mais negras do seu sangue. Operário serralheiro-civil Brito levanta o arco, abre-lhe no crânio como assim fosse mamão maduro, sem barulho e eu vi tudo na frincha que os socos dos outros meus quatro olhos irmãos não conseguiram de fazer fechar. A mesma cara fina e alongada, o curvo nariz e a pele mais negra do fumo e da fuligem, o olho camões — seco já o sorriso de há vinte anos quase, o humilde e sincero sorriso de sua admiração para a felicidade que eu era, com meu saber de admissão ao liceu:
— Mercês lhe faça Deus, senhor!
— Mon'ami, mon'ami! Aiuê mon'ami, a-mu-jibila nê![26] — este o grito só que oiço ou é coro de milhões de gritos iguais?

Mamã não se importa, não procura, não aceita ver as caras baixadas e assustadas que vão perdendo a alegria do medo libertado

---

[25] **Kinaxixi**: antigo musseque de Luanda, próximo ao Makulusu, atualmente transformado em bairro.
[26] **Mon'ami, mon'ami! Aiuê mon'ami, a-mu-jibila nê!**: Meu filho, meu filho! Ai meu filho foi morto!

e se afastam; ela não quer ver o riso estúpido marcado na cara zarolha do assassino do filho; ela quer só o que não é mais possível, nunca mais: o caminho do antigamente para seu filho, o oitavo dia de alegria nascer o matete matinal, o milho torrado, jinguba, mufetes de galo. Quer o seu filho só e não vê os assassinos dispersar. Mas eu não perdoarei – grito para dentro de mim –, não vou perdoar nunca essa morte que me ofereceram assim na hora que eu dizia: "estudar, organizar; fazer propaganda, organizar; organizar" e o Paizinho pensava, pensava, e não aceitava isso só. Isso dói, sabes, mãe, tudo quanto durante noites e noites de insónia e de dúvida, de discussão, de meditação, se organiza, cubatazinha bem construída de seu telhado e alicerces e, de repente, vêm assim nos dizer que não serve para humanos, não serve para habitação – falta entrada, falta saída? Só deitando abaixo pode-se saber. E isso dói, como dói a tua morte de Maninho, estás a olhar-lhe sem ver mais uma vez. Porque tudo isso é trazido e acarinhado, como trouxeste e acarinhaste teu filho cassula, defendido no dentro de nós, no útero de nossa inteligência, defendido de milhões de outras células que lhe querem fecundar e só uma é a certa, a que dá o fruto.

– Mon'ami! Mon'ami, a-mu-jibila nê!

Sou eu que penso, imagino, fabrico ou estou ouvir mesmo? Levanto a cabeça para trás de mim e te vejo, mãe, tinha-me esquecido de ti, mater dolorosa. E tu recitas:

– Meu filho! Meu filho!

Ele é branco, está mais branco e não pode te ouvir falar essas verdadeiras palavras para lhe aumentarem na firme e férrea determinação de acabar com a guerra à granada, gastar-lhe com depressa, como eu não aceito. Mas nunca perdoarei, serralheiro Brito. Mesmo que mamã Lemba ou Ngongo ou Kibuku te perdoe, nunca, enquanto os meus olhos virem o que viram, estes meus olhos que a terra tem de florir, o menino de catorze anos, depois de ensinar-te menos que nada, aprendeu de ti as primeiras verdades simples palavras que tu assassinaste naquele

homem vestido de branco. Me disseste, em baixo da buganvília florida de branco em que almoçávamos, lembras-te?:
– Luta de classes! Sou operário.

E não te posso perdoar, nunca te perdoarei jamais, serralheiro-civil Brito – já foste um operário.

Que me quereis perpétuas lembranças, o futuro é já vivido dentro do caixão aqui na obscuridade da Igreja de Nossa Senhora de Qualquer Coisa e o passado a suave cama de sumaúma que nunca tive, o presente é isto: fotografia debotada aberta no sol, paredes nuas, um mestre negro que já não tem e eu a soletrar, melhor pronúncia não tinha, um ano só de aquimbundamento: "Ó Pedro, qu'é do livro da capa verde que te deu o avô?".

– Não, obrigado, reverendo! Espaireço os olhos... comecei as primeiras letras aqui...

Não faças essa cara banza, meu anjinho capado, não me faças essas fuças, negas a política de integração, não-discriminação, assimilação, cristianização e outras coisas de ão – escravidão, exploração, política de não? – não me venhas dizer, com esses olhos assim postos nos inocentes bancos de pau, que aqui só andam negros, monandengues criados sedentos de saber e sem quedes para escola oficial, porque eu andei aqui e aqui estão as mãos e as orelhas onde que o professor, que era mais negro que as meninas dos teus olhos, me arreou de vara delgada por ordem de meu pai, enquanto era insultado em segredo pelo meu pai e se insultava ele também por ter que me bater, a mim, menino branco, e aqui está ainda o jeito no corpo, queres ver? da saca de mateba com pedra e lápis de pedra, livro de joão-de-deus[27], livro da capa verde que te deu o avô que andava um dia em pequenino nos arredores de Nazaré, aqui andamos nós, os do Makulusu: Paizinho e eu, Kibiaka.

– Se eu tivesse dinheiro, não o trazia naquele negro!

Te oiço dizer "negro" como só tu dizes, pai, tremem até os

---

[27] **livro de joão-de-deus:** livro do poeta e pedagogo português João de Deus de Nogueira Ramos (1830-1896). Trata-se da *Cartilha Maternal*, de sua autoria, que divulgava novo método de ensino da leitura.

pelos tufosos de tuas orelhas no som do teu próprio insulto e depois não posso deixar mais de pôr a cara triste que a mãe conhece, porque é domingo e ele, o meu professor, que me faz tudo o que tu lhe dizes, está sentado contigo na mesa, almoçam funje de bagre que a lavadeira-mãe veio para cozinhar de propósito, tem mais outros, não lhes ligo, são do bairro, da terra ou é o primo do Golungo, não sei, o da roça, porque eu tenho só meus olhos tristes porque a mãe, alegre, vai e vem e vos serve o vinho, o funje, o peixe e depois vocês vão dormir vossas palavras de sempre debaixo da mandioqueira, com o moringue do vinho no lado e a mãe vai sentar-se sozinha na mesa para comer, e a lavadeira no chão da cozinha, como cães é o que penso e é verdade, como cachorros e os teus olhos cansados chamam os meus tristes e me dizem, terna e amiga:
– Queres mais um poucachinho, queres?
São mexudas, papas de milho com couve-nabiça migada, o pai ri, chama é comida de pirum mas eu, que não como funje de azeite palma, como as mexudas com minha mãe ali deixando cair suas lágrimas que eu finjo não estou ver, ela já está a ouvir a voz zangada do pai, à noite, na cama:
– Se eu tivesse dinheiro, o rapaz não andava naquele negro! É inteligente de mais para aquela merda da escola da igreja!
E me arrepio todo na hora que ele diz: negro, e tenho vergonha.
Mas esta fotografia que o sol coado na árvore do quintal está ver, não me diz nada do que estou ouvir: o pai está ali, é ele, magro e elegante como me não lembra já, sentado, de perna traçada, o fato de brim branco, chapéu na cadeira do lado, o cabelo brilhante penteado ao meio; na frente tem outro homem que ele disse depois morreu na caça, pacassa ou onça e nome dele era sô Floriano – está de capacete, tem garrafas de vinho sobre a mesa de pau – e, sentado nos joelhos de meu pai eu oiço, o carbureto está tremeluzir, ele me explica que é na ponta da Ilha, um bar que lá tem, e que vai me levar lá no domingo para comer quitetas com jindungo. E é isso que nenhuma fotografia pode me dar,

nem assim nesta hora, batida no sol, esquecida do Maninho morto lá dentro, essa maneira o pai que tem de explicar as coisas e eu quero lembrar hoje, aqui, ouvir, dar encontro, porque esses sons só, essa sabedoria ao contrário explicam o homem que era e que, pouco-pouco, vou construindo e agora custa menos porque o sorriso dele já não existe no seu último sorrir: os lábios de Maninho.

Estaminé, estaminezinho, era um lugar botequim, bar, qualquer estabelecimento diminuto – como assim o da Ilha, onde me levou de vaturéte, outra palavra que me ensina, sozinho, a mim, e eu orgulhoso porque o Maninho ficou tomar conta na minha mijona irmã e a mãe está doente com paludismo. E o Maninho era mandão e eu era lambão e ia-nos comprar dois suétes – e a maravilha que hoje ainda é, para mim, um suéte de boa lã, da matriz daqueles que, numa loja roscofe da Caponta, nos comprou – para andarmos sempre limpadinhos, para irmos com ele às frangainhas, ou a música do seu riso e tolas palavras num mais-velho que era, atirando minha irmã no ar e segurando no seu riso a nascer nos braços grossos:

– Litazeira pinta rosca!

Tocava corneta: "foma-zabema-zadod-zamá"; canta fados da guerra de 14, me ensina a cantiga que vai ajudar Rute a dar encontro no Maninho, era no largo do mamarracho histórico, a dar-se como mercê no seu capitão-mor. Volto a fotografia ao contrário: 1 de Janeiro de mil novecentos e trinta e qualquer coisa esbatida num pingo de água à toa.

A orquestra toca um *Summertime* acelerado que é para os mais novos, tem um sólido calor em cima da cidade, é um capacete de aço camuflado de nuvens de feias cores, a escuridão vira-lhes sombras preto-e-branco só, e as estrelas são os olhos vigilantes das sentinelas enquanto os oficiais dançam e a alegria começa rasgar o fino cheiro de morte e medo que ali tem presente em tantos riscos dourados nos ombros e cordões e longas ou curtas filas de fitinhas coloridas, enfiadas por cima do bolso do coração. Os smokings menos que os uniformes, faltam duas meias

horas para entrar no ano III da guerra, eh pá! já ando nisto há uma porrada de tempo e nunca vi baile mais xaxa, até aquele, com as mulatas do Quitexe[28], tinha mais vida e eram só três e nós uma companhia! E não há serpentinas, nem balões, nem fitas, nem bandeiras, nem palmas de coqueiros para festejar os capitães-mores da guerra no seu repouso de guerreiros, que tenha força de dar cor no sombrio capacete de aço que a cidade veste, cautelosa.
E contudo:
— Posso morrer amanhã, sabe? Por que não me riscar, hoje, como um fósforo que perde de repente a cabeça contra a suave lixa dos seus ombros?
Cuidado, Maninho! Vamos entrar no ano III das guerras públicas, mas ainda não tem outra vez Ngola Kiluanji[29], os senadores estão confiantes agora. E eu ouvi, sem falares, as palavras que o decote te obriga a dizer quando o passo xalado do samba bossa-nova queria-te sair na perna e não podes porque és alferes, tens uma condecoração, uma cara grave, estás na messe, é um baile selecto e é a mulher do fornecedor oficial dos camiões do exército e, sobretudo, Maninho, não faças isso: ainda não é meia-noite e esses passos são para Rute aqui ao meu lado, cutucando e sussurrando-me, natural:
— Era só ele querer...
E és tu, leal companheira para sempre adiada, és tu quem vai ficar toda a vida com os olhos secos e eu ainda não sei, tu não sabes, o Maninho não sabe e a mulher do vendedor de camiões sabe, por isso que lhe diz com todo o arfar dos poros da pele e do sangue acelerado, em código, tacto de dedos nos dedos:
— A vocês, valentes rapazes, só quero dever a minha tranquila sesta!... Mas veja! minha filha olha-o, chama-me...
Cuidado, Maninho. Tu não és de sapadores e te pode rebentar a mina debaixo dos pés. Posso traduzir para ti, via Rute, que ri

---

[28] **Quitexe**: localidade situada na atual província do Uíje.
[29] **Ngola Kiluanji**: nome do rei do Ndongo, um dos reinos que formaram o que é hoje Angola. Por sua resistência aos portugueses, é considerado um herói nacional.

como tu já lhe ensinaste, o que o pai da filha do decote-montra está ali a dizer da mesa dele, posso traduzir, este código conheço-lhe bem, não quero acreditar nas previsões dele, tens dois anos de guerra quase – "meu amor: tenho quatro meses de campanha, a minha espingarda-metralhadora está virgem..." – e se era para te apanhar, a ti, que lhe procuravas sempre de caras, a morte já te teria amado. Não aceito sabedoria dele, serve só para cotações e cifrões, da vida e da morte e do amor ele já nada que sabe, mas mesmo assim, vou traduzir ainda que seja para o teu sorriso só, minha quase cunhada, mulata, a meu lado:

Vocês é que morrem, meu alferes, mas nós é que pagamos. Morrer é fácil, meu alferes; pagar custa mais, meu alferes, é sangue que não sai num minuto por um cu d'agulha, levou anos e anos de suor, semanas de sangue e crime, insónias, a acumular, a capitalizar, a investir, desvalorizar, amortizar...

Como é então, pai, tua sabedoria de colono? – Quem com mulata casou e água do Bengo[30] bebeu, nunca mais s'há-de lembrar da terra onde nasceu! Ouviste, rapaz?

Ouvi pai, mas não é isso, nunca dormi com mulatas, tu não sabes.

– Se queres estragar a vida, arranja um carro velho, uma máquina fotográfica ou uma amante mulata!...

Rute vai ser tua nora póstuma, esses avisos não adiantam, velhote, quero o outro, o tal que nunca conseguiste de arranjar, o das macutas, por mais esforços que fizesses, esse que era o teu mal, te mexias de mais, esbracejavas de mais, querias fazer o jogo, mas com limpeza, fora do campo, e isso é impossível: ou jogas no campo e fazes trafulhice, ou morres como morreste. Para que me dizias então, é isso, cá está a tua sabedoria de quinhentos anos de colono:

– A chave do Céu e a tranca do Inferno: as macutas!...

Pois se o capitão-capelão está ali na mesa do vendedor de

---

[30] Bengo: rio que abastece a cidade de Luanda.

camiões, não é a chave? E o filho dele, no escondidinho dum QG, é dos SAM, a tranca...
Isso, alferes – não te conheço esse louro cabelo, esses olhos?
– apalpa, apalpa, mas não vás pensar que levas a mercadoria: não vendo carne, meus avós é que compravam e vendiam, eu vendo camiões a gasóleo, blindados, camuflados e de tracção às quatro. E tu, amanhã, vais ter um buraquinho no peito por onde que vai sair o gasóleo vermelho da tua bomba injectora, simples fuga e o camião não andará nunca mais ou ninguém vai poder contar os bocados semeados no cafezal com o peido da mina e tem muitos doutores pelos ministérios que pagarão, ao preço do mercado internacional – é Amboim de 1a., te garanto, natural da Gabela[31] – o perfume que ela usa: cheira a café, quando as flores estão brancas, o doce cheiro da mata, como ela puras e brancas e ainda não há o verde, o vermelho-cereja dos bagos a pender nos ramos. Ou o teu sangue e os pedaços do teu corpo dependurados por ali. Tu cheiras a morte, meu alferes e levas esse cheiro para o cafezal, apalpa, apalpa, isso é uma operação que não lhe leva nada e até a amadurece, o corpo vai estar inteiro para o doutorzinho e tu vais te deitar daqui a horas com uma carraspana de ópio e às cinco da manhã, ala! que se faz tarde! – o longo comboio de camiões que eu vendi, os jipes e jipões, as autometralhadoras e tu, meu alferes, com o pé no guarda-lamas direito, que é assim que um oficial deve viajar, isso dá coragem e moral, esse desprezo que eu vejo no teu sorriso, és perigoso, és dos que usam os galões sempre brilhantes para os atiradores especiais os verem bem, isto é: és parvo com a tua lealdade de herói morto, és perigoso para genro. Cheiras a morte e minha filha cheira a café...

Já guardei a fotografia dos tempos do antigamente e estou outra vez dentro da igreja, no meio do cheiro a morte e o comerciante,

---

[31] **Amboim e Gabela:** cidades angolanas situadas na atual província do Kwanza Sul. No texto, fazem referência ao café ali produzido, famoso por sua qualidade.

pai da filha, tinha razão. Sempre é assim, os impuros só que têm razão? Paizinho tem de explicar isto, mas não lhe posso procurar e ele nem pode mesmo vir dizer o último adeus a Maninho, agora que só nós dois ficamos: nós, os do Makulusu:
— Enu mal'é!
Não te quero ver, mãe, quando entrar na igreja e é por isso que espreito e procuro a picada que vai me levar longe do ritual dos gestos de cera e palavras rápidas latinadas. Mas muito que eu queria olhar no Maninho, o melhor de nós, aquele a quem se estendiam os risos das moças e os cheiros das rosas.

Cheiro de morte, cheiro de café, cheiro de rosas, rio para dentro, é que ele tem tantos cheiros em nossas vidas. O lavado cheiro a sabonete de Maria e o do capim verde pisado nos nossos corpos; e o do húmido fundo da caverna Makokaloji; o da terra seca, de repente molhada, nos primeiros pingos, o melhor de todos como vai ser no cemitério na hora do caixão do Maninho chegar no fundo. E o cheiro a percevejos queimados, vocês nunca carregaram esse cheiro num baile de finalistas de liceu, num fato emprestado, com dezassete anos de idade e o sorriso de amor de uma moça vos disse, sereno na sua força de louvadeus-fêmea:
— Cheiras esquisito! É do fato ou quê?

Maria, Maria, como eras simples em tudo, essa tua crueldade — tu tinhas vivido connosco enquanto a prima Júlia não me achou crescido de mais para tu lá viveres sem perigo e transferiu-te na casa dos Fonsecas que tinham um filho meu mais velho e um pai que não ia ao cinema em mangas de camisa e uma mãe que se equilibrava bestialmente nuns saltos de cinco centímetros, tu sabias, porque isso era o teu raro prazer dos domingos: queimar, queimar, pisar, esborrachar.

Os lança-chamas de jornais enrolados, o fumo do napalme de petróleo, a água a ferver em grandes latas e os teus lábios mais pálidos a gritar, gritar:
— Ali, ali! Maninho! Pisa! Pisa, burro!
E eles fugiam magoados com o sol, corriam pareciam eram

pequeninas baratas e os nossos pés descalços, pequeno estalo e pronto: sangue e esse cheiro que tu querias dizer mais tarde mas já não eras pura nem simples nem directa e não disseste: percevejos! Usaste a indirecta: é do fato ou quê? É do quê, Maria, do quê: cama alta, de leilão, para dois, com bolas de cobre, cabeças de césares em cima das quatro colunas areadas dominicalmente com limão e cinza. E baldes de água a ferver, e jornais a arder, e limpezas, limpezas e a triste voz da mãe, no fim da tarde, sentada:
— Nunca mais vamos acabar com os percevejos?!
E eu fujo escadas abaixo, não olho mais para trás e vens me bater, fria e má, no peito, junto da velha casa abandonada a meia encosta e queres que afogue na humilhação com as lágrimas que fazes-me chorar. Porque tu descobristes, Maria, que tenho o riso difícil e o choro fácil — meus olhos não mentem, também não mentiam os teus, cor de mel, eu é que não lhes sei ler. E enquanto ouvimos o turvo retirar dos finalistas às piadas pela Brito Godins e alguns carros a bater portas ou a mamã e a criada ou o papá para virem buscar o cabasso da menina com todo o cuidado na saída do baile, não vá alguém roubar-lhe no caminho e com ele a honra que nunca tiveram, nós contamos as estrelas, eu ensino, tu aprendes nos meus olhos e até hoje tenho guardado nos meus dedos o branco relevo no teu vestido azul, bordado à mão por ti. Por mim — orgulhosa me disseste e eu nem via as costas amulumbadas que ganhavas, só teus olhos cor de mel que te mentiam, que me mentiam, e nós queríamos acreditar tudo era verdade.

Rute não está cá, não preciso de lhe procurar com os olhos: ficou, séria e quieta, deitada de costas em cima da cama da mãe. E se eu lhe fosse ver? Se eu fosse para junto de Maninho ao lado dela, em vez de naquele caixão? Mas é mais simples ficar, começo estar cansado, cansa menos trazer-lhe para junto de mim e ficarmos os três assim, eu, ela e o capitão-mor do reino a quem ela se doou, a velar a embalagem de um homem, o que ali está. Vens pela minha mão, já não é o réveillon da Messe dos Oficiais, mas não és tu quem aqui está. É dos círios, é dos olhos, luzes para travessia da ponte sobre o rio das trevas, Ormuz e Arimã? Do incenso, desses cheiros todos que se colaram a mim e não me largam? Mas é assim, Rute, perdoa, vou passar a minha vida a dizer perdão às mulheres que encontrar, não sou digno delas, nunca lhes quero inteiras, tem sempre algo que quero lhes tirar, não quero que elas tenham. E não quero, agora, que sejas assim, queria te ver aqui ao meu lado, mulatinha cunhada quase. Porque eu digo: olhos um pouco rasgados só, castanhos e limpos, pequenas pestanas bem separadas, negras, e o arco das sobrancelhas de um só salto, desenho uno sem pente ou escova ou lápis de maquilhagem; o nariz, o nariz? – dizes que não, mas é: arrebitado, pouco só, mas o mel é ver o gonflar das asas na hora de fremires a alegria; os lábios, só a palavra "sensuais" tem no léxico para os teus lábios? Quietos são, hedónicos. O oval do rosto, convencional, e o cabelo negro desfrisado. Eis mesmo que chega-me o teu conjunto perfeito, mas não és tu, não estás no meu lado, minha quase cunhada. Logo que componho as tuas feições, se ainda lhes agarro, traço com traço, ao chegar aí no todo conjunto, momento próprio que estás, és, o todo foge, me escapa mas não me importo: não és tu, falta a qualquer coisa, insignificância que te nomeia. O halo, suave calor, que na pele se solta? O calor anisado da cor, cola-maquezo? Ou o franzir pequeno, matriz de ruga próxima, na esquina dos lábios? O sorriso é a vida, a vida verdadeira – a vida verdadeira é o que falta no que tenho e isso então só mesmo se estás assim na minha cara a sorrir e falas:

– Vem, Mais-Velho! O "Kabulu"[32], a tua música... – e é mesmo. Só connosco, junto com nós é que existes.

Kabulu, coelhinho, verde campina, savana de capim nascido pouco, rasteiro e verdoaiante gramado e só a nódoa branca aos pulinhos, coelhinho no cosmos verde dos campos dentro da mira

---

[32] **Kabulu**: nome de uma canção do Ngola Ritmo (N'Gola Ritmos), famoso grupo musical angolano, cuja carreira se inicia em 1947.

dos caçadores, jacaré soba das águas que te agarra, insignificância na vista, menos que isso és, frágil vida. Kabulu-é mu ibalanda[33], coelhinho pelos campos – caçador te espreita, vida.

A vida é concreto só, sei no choro da tua ausência e me levanto a rir de mim e me levas, idealista, por tua mão e se não me orgulho que sejas tu a me vir buscar para dançar – oh! que fuga ao preceito! – é porque te respeito muito, porque me sorri sempre na lembrança as palavras que me falaste uma vez, e não te lembras mais, estávamos no Mussulo, o Maninho dormia em baixo do coqueiro, falávamos de tudo e de nada e muito séria, ofendida já, respondeste no meu querer dizer:

– Não me humilhes, Mais-Velho! Não sou aleijada...

E sempre que tu sorris para mim, minha prestes cunhada quase daqui a uns meses, é assim que te quero: direita e sã e nunca a mercadoria que se guarda intacta no envelopezinho de gelatina membranosa para preservar a purez e que ao furinho fará pufe deixando entrar o ar.

Dançamos; nossa alegria amarrada – não pode ter duas estrelas-cadentes no terreiro e Maninho está percorrer o firmamento com Maricota nos braços. As mulheres que amam verdadeiramente nunca foram virgens, ainda te lembro.

Mas tem oficiais-de-cor, não muito escuros, um negrão só, alferes de caçadores especiais, mas são o suficiente para serem exemplares sem serem notados e não se notar a sua pele, estando lá, lá ou aqui?, nas sombras da igreja que os círios aumentam e o cacimbo das lágrimas que não choro esfumega, já não sei ver. O seu cheiro no meio dos bons civilizados cheiros e boas cores da festa de fim d'ano. E o adido cultural da embaixada vai poder anotar, um pouco banzo, que sim, é verdade – e fazer um belo relatório de etnossociologia do espaço luso assalazaristado.

Mataste-lhe dentro de mim, é mesmo a verdade, mas as tuas palavras sempre estão, e não te cumprimento na igreja que estamos:

---

[33] **Kabulu-é mu ibalanda**: coelhinho pelos campos.

— A perdiz é um pássaro muito afinado!...
Primeira lição: aprendo que cultura não é o que eu estudo nos livros, ou não é só ou não é nada. Pois se tu, analfabeto de primeiro grau a quem corrijo redacções e contas, usas um adjectivo que só uma cultura bem assimilada pode gerar!? Pássaro bonito, esperto, solerte pássaro, diria eu e o dicionário. Afinado – de música, de peça de torno ou fresadora, só tu. E isso é o que a perdiz é: exacta no voo, sem milímetro de folga, afinada nos todos sentidos.

Tenho catorze anos, vê ainda, e desde os dez que tratas me por senhor e isso é, apesar de tudo, o que continua por não saberes que a tua cultura é bem mais cultura que a minha:
— Luta de classes! Sou operário!
Segunda lição, revista mais tarde: ser só não chega; é preciso que queiras, que estejas sendo diariamente, que nos deixemos ser. Ser é passado logo na hora que és. Mas, no fundo, como é que tu falavas?: "o olho d'água é que explica o rio", é isso mesmo: luta de classes – explorados e exploradores e a coincidência de duas peles a baralhar tudo. E não é simples. Quer dizer, é simples como assim coisa dita e sabida, geral facto, que a mão do cérebro agarra – só que os factos gerais existem é nos diários factozinhos de trazer no bolso, insignificâncias coisas e essas desmentem no facto geral. Negam-lhe. Negarão?
— "No olho d'água é que está o rio"...
Procurar e dar encontro no olho d'água, aí é que sai o busílis. Mais fácil e cómodo é o rio que se vê e que nos banha, onde que nos banhamos. Mas é preciso conhecer-lhe para lhe dominar. E, depois, mais direito, menos popular:
— Condições económicas de vida iguais, o preconceito racial desaparece como fumo!
Terceira lição, que ensinaste-me às avessas, o livro que fizeste, na minha cara, no homem vestido de branco, a quem a mãe estendeu a mortalha do grito secular e suas lágrimas gastas: é mentira. Os capitães-mores das guerras e entradas no sertão desapareceram, a mentalidade ainda cá está. Desapareceram?

"No olho d'água é que começa o rio" – precisa descer o rio de costas na foz. O Coco vai me dizer querendo desmentir no Paizinho – ou o Maninho? – naquele largo: "Era da época, as condições da época, a mentalidade." Vai teimar: mentalidade, quer explicar – mas tudo é só desculpa.

E o Maninho – o Maninho ou o Paizinho?:
– A época já foi enterrada e a mentalidade ficou! Isso não pode ser assim, meu amigo Coco que róis documentos! Não pode ser mais.

E o menino que foste, assim, pouco-pouco, construindo, paciente com as tuas mãos calosas de trabalhar o ferro no calor da forja, tu mesmo lhe mataste. Mas sabes?: isso foi bom, te agradeço de verdade essa morte. Nunca vou te perdoar porque tu eras um operário; mas te agradeço. Já não te respeito, desprezo, mas te conheço melhor: nasceu outra forma de respeitar. Mataste, separaste o menino de mim mesmo e por isso continuamos indissoluvelmente ligados os três: tu, eu e ele, ele de catorze anos a devorar o único livro que tinhas: *Dez dias que abalaram o mundo*. E, em sete dias, o mundo te abalou, quero crer que foram só sete dias; só que, dentro de ti, qualquer coisa já estava roída, te foi roída, roeram, tu mesmo roeste. Volto sempre na segunda e última lição: ser só não chega; é preciso que nos queiramos ser.

O problema é outro, meu velho que bebes gins-fistes e comes, gosmeiro, as peles queimadas e mulatas destas brancas todas que, noutros sítios do globo, iam olhar, banzas, o cartaz apontado pelo dedo ariano: "No coloured admitted", ou se não fosse mais bíblico: "Dogs and negroes out" etecétera, edecetra, tu é que escreveste os dísticos, sabes bem melhor que eu, porra! E que tu não ias aceitar sentadas ao teu lado, mesmo na paragem do maximbombo só. O busílis não é aí, são mulatos, you see, não tem no baile nenhum branco que não tenha o sangue mais cruzado, mixed é como vocês dizem como dos coqueteiles, mais misturado que o dos poucos negros fardados que aqui vês. São todos, do teu ponto de vista, mais impuros que eles. Estás perceber? Sorry! eu continuo, é um jogo entre os teus olhos e os meus, mas procura bem – "no olho d'água é que começa o rio" – se quiseres ver, em vez de estares a querer me emprestar os teus óculos para eu ver como tu. Até admira, és do país do homo oeconomicus, dos dólares, dos marcos, dos randes ou da puta que te pariu, sanabicha, sacaninha que olhas nos meus punhos da camisa poídos e descobres, num só jeito de olhos, que a mãe tem as unhas negras e nunca pintou os lábios. Vá lá, já que sentaste aqui na nossa mesa e comes a minha quase cunhada com os olhos, enquanto estás falar com um Maninho perfeito de aquimbundamento propositado na linguafónica pronúncia que ele sabe, te digo: na hora de defender o coirão – velho Paulo, é assim que se chama na vida, verdade mesmo? – não tem mais preconceitos. Vais ver filas e filas de jipes, jipões, carros e carrinhas carregados de soldados negros que vão se bater contra seus irmãos.

Irmãos?

Quarta lição: deste mesmo ou invento-lhe aqui, com depressa, para pôr flores na campa da memória? A pele não é o homem, a carne não é o homem – "a mão é o cérebro!", não é, Coco? – o homem é uma secreção de milhões de células nervosas que não nasce feito e nunca que se faz totalmente, nascendo-se cada dia. O homem mora instalado em, debaixo, dentro, por baixo das bissapas de cabelos loiros, negros, lisos, ondulados, crespos, anelados. Aí está e aí vive; e daí, daí só, e da mão que é o cérebro, é que eu posso dizer: irmão. Mesmo que essa mão agarre na espingarda velha que os negociantes da liberdade, como tu, meu velho dos gins-fistes, te venderam, para matares, daqui a alguns meses, o meu irmão Maninho com a dele na mão, nova, de trinta tiros e saída na mesma loja, o lucro é todo teu. Mesmo que Maninho berre no silêncio dos tiros o seu ódio à guerra na voz das granadas que lança para matar – e, na pista dos Coqueiros, o recor de lançamento de dardo é dele, na tarde de sol e palmas de Rute que ainda não tinha – a mão e o cérebro só, a pele nunca, a carne.

O homem aí habita: calote óssea que lhe guarda, dez dedos

que lhe dão. E um pequeno cu d'agulha serve para sair embora. Pé de flor no ar, tão frágil, cabulozinho nos campos, e não tem força que lhe domestique. "Podem matá-lo, nunca destruí-lo", cito de cor e errado.
E passará o mesmo contigo, meu irmão. Estás aqui, e enquanto aqui estás, a organização das feições que dizem que és tu, pálido mas tu, aí vou espiar e volto a nascer a vida que no olhinho de sangue fugou. Já não és o Maninho, mas ainda aí lhe dou encontro. Mas depois, e depois? Vou poder rasgar as fotografias todas, vais estar comigo sempre? E para quê te vou querer comigo se não estás connosco já? A mãe vai te guardar sempre consigo, te trouxe nove meses no ventre, e isso é de verdade, vida. A Rute vai te guardar sempre consigo, te trouxe toda a vida na esperança de te dar encontro, penetraste nela e tem a vida toda no solidozinho de namor que embalará, monandengue, no seu tempo parado, petrificado. Mas eu, que não te trouxe no ventre, nem te tenho no ventre, nem na pele, nem em mim, vais aceitar ficar nos meus olhos que são os nossos, do velho Paulo? Sei que não, mentiria se te dizia neste momento, seria desonrar a tua curta e bela vida: esquecerei. Vida é concreto, resto é morte.
Não tem morte para o riso, não tem morte. E o que as estrelas-cadentes fazem, faz ele, o melhor de todos nós, aquele a quem se estendem os terreiros de areia musseque, os passos floreados a se apagar assim no fogo do pó levantado.
– Cá fora é melhor! O cimento não dá para dois passos de quimbiâmbia!...
Tem a fuba do chão vermelho, não tem Rute, tem só ele e Maricota no ritmo. Peço para ele ainda ir despir a farda, bate com a porta do táxi, me passa a mão na cabeça, sorri. Não tem riso para a morte, fico quieto.
– Preconceitos, Mais-Velho! Vais ver!...
Estou ver e aprendi que ele é sempre o melhor, que ele tem sempre razão mesmo quando não lhe tem, pois tem razão para não lhe ter: nunca será mais-velho. Mas não sei ainda que nunca

será mais-velho porque, dentro de alguns meses, vai-se riscar no firmamento de seu riso com a última estrela-cadente: um tiro, e nem em combate. Vai chorar, certeza certezinha, se tal suceder.

Aprendo assim, com Rute nos braços, serena e quieta no ritmo interior que é o seu, o contrário de Maricota, toda de riso e flores de pés com o capitão-mor do samba do reino, o que é um ópio:
– Riscar-me como um fósforo que perdeu de repente a cabeça contra a suave lixa dos seus ombros! Amanhã posso estar morto!...

Tantas vezes multiplicadas estas palavras silenciosas nos olhos de tantos jovens sorridos no réveillon e Maricota é com um sorriso largo e alegria que é solista, sibila, no coro das que, como ela, não são suave lixa mas sumaúma pura:
– Dormimos hoje, amanhã me podem varrer numa confusão!...

Falta pouco só, meia hora, vamos chegar no ano III da guerra, continua o carnaval e eu não posso mais, não vou aguentar tudo isto até na meia-noite, não quero ficar aqui até noite meia, vou ser incluído nos brindes e ficarei sentado e o meu corpo quieto, mas serei incluído e não quero estar incluído porque o Maninho vai brindar com fúria, com ódio: "Saúde à guerra!" E tudo começou no teu olhar, meu velho dos gins-fistes que saíste embora e lhe deixaste colado nos meus punhos puídos; com o "quê" de Maria e Maria já não tem; e Maninho dança com Rute, nunca em vida minha vi duas caras tão seriamente sérias e serenas como vejo olhando-lhes e isso ainda me dói mais e quero explodir, sou assim, de repente chega tudo e cerro os olhos, um, dois, três uísques e elas aí estão, que me perseguem.

Ajaezadas parece são mulas de circo, as filhas mais vestidas um pouco que as mães, são mercadoria que já não se vende tão bem, é preciso meter o produto nas ventas, nos olhos do freguês, quero explodir, nas fifis a embalagem é também tentação, o colorido rótulo, branco e môve e verde-musgo e cinza-pérola e branco, muito branco, que tudo isto é pureza, para isto se plantam as

laranjeiras no vale do Loje[34], se regam a sangue para dar florzinhas para estas filhinhas de mamã, embaladas a vácuo com seus cartuchozinhos de celofane que é preciso furar, romper, para se sentir o pufe do ar entrando...
– Mbumbu iala bua mbote, ita mixoxo![35]
Auá! Mulatinha de terceira geração a passar por branca, que danças comigo, vais fazer como a vaca-mataco da minha irmã, tentarás adiantar a raça, apagar a bela palavra Luanda, não do teu bilhete de identidade, mas do teu sangue. Armas aos catembos, dizes: friu, riu, tiu, alfacinha de mentira, e se eu chegasse nos teus ouvidos e despertasse os genes da tua avó, segredasse:
– Mbumbu se iala bua mbote, ita mixoxo?[36]
Saltarias como a mina salta o jipe? Ouvirias ainda como a bala ouve o sangue que escapa-lhe? Ou apagaste até no "'besa, ngana!"[37] que vavó exigia com ele?
Posso vos classificar, olhos fechados, só na gordura que acumulastes: pernas ou mamas, nádegas ou ancas. Tem aí a que foi armazenada de fubas e pirões e as que nunca deixaram de comer carne; as do chá e bolos e bolos e bolos; lagosta e coqueteiles-pártis; pão seco na infância, maioneses depois do casamento. Tem, sei de olhos fechados – dez, vinte, trinta anos –, nesta nossa terra de Luanda, tem muitas que varriam a casa de pé descalço, curavam as reumas de seus homens criminosos ex-condenados das fortalezas e presídios, Ambacas e Pungoandongos e S. Miguel, sonhavam com o dia de hoje: réveillon na Messe, o próximo concurso de fornecer maximbombos no Exército para a firma do marido, passando pela recepção de sábado próximo. Carregais alegremente e indignamente, a verdade diz-se, vossa teimosia de formiga que pariu os escudos que vos igualam nos outros – poucos, tão poucos! – da Cidade Alta, onde que estão

---

[34] **Loje:** rio angolano que banha a região da província de Malanje.
[35] **Mbumbu iala bua mbote, ita mixoxo!**: Bem tratada, a vulva dilata de prazer!
[36] **Mbumbu se iala bua mbote, ita mixoxo?**: Se bem tratada, a vulva dilata de prazer?
[37] **'besa, ngana! (mbesa, ngana):** A sua bênção, senhora!

pintados restos de brasões. Poucos, mas seguros, cotação certa nesta nossa terra de Luanda. E os vossos gentis cavaleiros, artérias endurecidas e coração piedoso, olham estes jovens que enlaçam vossos rebentos e avisam: cuidado, não usar os objectos expostos! Ver à espanhola, com as mãos, ainda vá lá que diabo! temos o pacto peninsular e acordos bilaterais, podes mexer um pouco, não roubas nada. E carregam, parecem trazem fitas das comendas de Cristo, Avis ou Santiago, os chifres, dolorosas e lucrativas condecorações...

Não explodi. Maninho, Rute, trazem quem que me desarma a espoleta e vejo o baile com novos olhos: é bela e triste, tão triste que faz frio ouvir-lhe falar.

– Minha irmã, Zita!

Mas terei de lhe ouvir depois, bêbado, chorão: dezoito anos de idade, dezoito meses de viúva de guerra. E Rute dançará com quem não sei, Zita com Maninho e sei que o meu irmão treme todo com aquela moça nos braços, que quer se ver livre dela e não lhe quer largar mais, porque está a dançar com a morte.

– Eh, pá! Vocês sabem lá o que é verificar o óbito de um torturado! Calem-se, porra! Comam a lagosta...

O irmão é alferes pára-quedista médico ou alferes médico pára-quedista ou pára-quedista alferes médico ou médico alferes pára-quedista – pára-quedista, pára, de Massu & Ca., isso é que codilha o meu título de doutor, vai dizer, bêbado, a cair, cinco da manhã, mas nós não vamos estar lá nesse sítio onde o taxeiro vai-lhe levantar e levar a dormir para o hotel ou para a messe ou para casa ou para o hospital.

Estamos, aqui, hoje, quinze ou dez minutos que faltam para a meia-noite e a tua irmã, vestida de môve, dezoito meses de viuvez e uma tristeza de dezoito anos, deu berrida no Maninho.

– Eh pá, eh pá, espera aí, pá! Onde é que vocês vão? Ao musseque, não é? Deixem-me ir com vocês!

Ao musseque, não é? Minha quase cunhada, a tua pele até bêbado se vê! Nos persegue pelas ruazinhas de canteiros bem

tratados, Maninho segura Rute na mão, eu quero voltar atrás e fugir, pôr dignidade naquele moço que morreu dentro dele muito tempo já e deixar-lhe no meio da feira onde ajaezou-se de camuflado por cima da bata cirúrgica e do juramento de Hipócrates, e ele chora parece é uma criança, encostado no portão de ferro que quer abrir, eu é que lhe fechei:
– Deixem-me ir, deixem-me ir! Não me deixem sozinho! Maninho, tu, pá, és um gajo porreiro!...
Ah! capitão-mor do reino, o louro cabelo desabotoado, cinco minutos para a meia-noite:
– Sim, João! Vem connosco, pá!...
És um cristo, irmão, e vejo como vais lhe pegar em baixo dos braços para lhe trazeres no táxi mas depois caído no chão, uma mancha branca e farda só e o meu irmão com o sorriso evangélico do arcanjo Gabriel derrotando o dragão, a coçar os nós dos dedos: onde aprendeste esse golpe de boxe, Maninho?
– O sacana carrega a morte atrás dele! Chateiam-me estes gajos que não têm dinheiro moral para cinco metros de boa corda! Ou pensava que ia para a guerra fazer parir meninos nas sanzalas e cantar "parabéns a você" nos aniversários dos sobas?...
Matar ou morrer, ir ou recusar-se – são as quatro estações.
E quando, daqui exactamente a um minuto e cinquenta e três segundos, beijares Rute porque é meia-noite, 1963, ano III da guerra, só terás nos teus olhos a tristeza de Zita.
Vou pela Rua da Pedreira, é sábado, nós, os do Makulusu: Paizinho, Kibiaka e todos quantos, amarrados, e o professor negro do nosso lado, sua e comanda os nossos passos alegres mesmo assim. Vamos de castigo, não é corda que nos prende, é um fio invisível que faz a fila porque todos, os do Carmo, Ingombota e Makulusu, já sabem: os sacristas pregaram uma partida no mestre, ninguém que se acusou e saiu castigo de todos. O sol se ri connosco e a gente rimos, sérios, o castigo que ainda falta. E o meu pai, na porta da casa, me ameaça com o cinto:
– Vais ver, quando voltares!... É assim mesmo, senhor Simeão!

Malandros, só querem quilapanga, a gente a gastar dinheiro com livros... O óbito vai sair, fujo no jardim, quero só ver Maninho no Alto das Cruzes, agora me quero rir para ele, que está na porta da casa do Xoxombo a bater a palma da mão na boca, nos uatoba a todos:
— Uatobo! Uatobo! Ukamba o sonhi[38]...

Bilingues que somos, quase, o nosso libambo dá encontro no libambo que o sipaio leva e eles riem na nossa fila e nós rimos na deles e eu ainda não sei que trabalhar na estrada, levar porrada de chicote de rabo-de-raia nos sipaios, queimar os pés com o ferro d'engomar alcatrão, não tem a alegria que queremos cantar e, como o mestre-escola Simeão ali vai a nos puxar nas orelhas, eles, os do libambo de presos de verdade, nos cantam a nós, os de mentira:

Ó tia Maria, ó Zé!
cabeça rapada,
galinha assada...

Sai às voltas com Rute, riem como nunca vi rir ninguém no mundo — e o meu mundo é pequeno, Nossa Senhora do Carmo o limita, o óbito vai sair, o comandante do pelotão também, o operário Brito, a mãe.

Libambos de escravos, libambos de mortos, de presos, de contratados, libambos de homens livres — toda uma história a desenterrar, é o último pensamento antes de pegar, a sorrir, na aba do caixão de Maninho, capitão-morto das mortes nas matas da nossa terra de Angola.

---

[38] **Uatobo! Uatobo! Ukamba o sonhi:** Parvo! Parvo! Não tem vergonha...

Abrem-se as portas de ferro forjado com fragor e lá dentro silêncio, sol e nada mais. Pois que são os mortos assim escondidos e arrumados tecnicamente, mor de serem roídos no prazo da licença, com umas cruzeszinhas por cima? Mais nada! – que antigamente sim, no antigamente valia a pena morrer. Na morte aí dormiam connosco as alfaias quotidianas do amor, da vida e da alegria e da tristeza, das dores, pequenos objectos, sinais, inscrições, papiros, jóias e oferendas, vasos de mel. Não, não estão mortos quando se dá encontro com eles, mortos na caverna gelada dos Andes, é uma alegria isto, tantos mil anos depois de Cristo, saber de certa certeza que aqueles dois seres ali enterrados, pode lá dizer-se enterrados?, ali plantados, semeados, resguardados, se amaram na vida, e na morte são o amador e a amada e as sementes de trigo que semeavam e as flechas da caça que caçavam, o vaso por onde, na água, juntavam os lábios e os olhos de safiras que tinham e olhavam e quem sabe vai explicar para nós que não podemos lá ir ver, que quem está ali, nu na frente do século vinte do nosso sofrimento e hipocrisia, são dois amantes. E nós vamos tomar um comprimido para dormir, vou tomar um ou dois ou três, quando sair daqui, porque antes queremos o descanso de um artificial sono de pílulas do que a insónia acesa de pensar a morte, o amor.

 A vida não é o tempo, é sua memória só – já o esquecemos e queremos é chegar ao século vinte e um.

Paizinho, aguentarás? Só no ranger da porta forjada, primeira vez que nasce a pergunta, desde a hora que, no sol, estou com Maricota e vejo os meus olhos e os olhos da minha cara com vinte e quatro anos, multiplicados por dois no espelho e então me chega outra vez aquela vontade xalada de rir e nem ao menos tenho na minha frente a Mimi, com o seu necrófago desejo, o Brito serralheiro, assassino de meninos, ou o meu comandantezinho de alma em sentido. Tenho só, mãe, e voas para mim, ave ferida e velha, e queres pousar na rocha carcomida do teu único filho restado mas eu quero rir só. Vês, é difícil ter respeito nas horas da morte nos morder no coração e o polícia de trânsito, solene conforme as chapas e as cores e as marcas e o raio que o suma da promoção certa que ele descobre nessa eficácia, diz: à direita! à direita! à esquerda! À direita venoso, à esquerda arterial ou vice-versa, no coração? A mata, o chão de capim, a bala da carabina, a tua cara que vem me bater na minha e me devora até lá dentro
— Não me deixes só, meu filho!...
é que sabem. Eu estou a ver só como a dor é ordinária, como é uma máscara de ácido lagrimoso que corrói na pouca dignidade toda que a velhice deixa e na tua face, mãe, face da minha tristeza, eu vejo por baixo do leito das lágrimas e do ranho teimoso que escorre do nariz, por baixo do céu do véu, a caveira a rir e os dentes postiços a rir a tua morte a rir e eu quero correr para ti e te abraçar, beijar, dizer
— Amo-te, amo-te mãe!, não te deixarei só...
e sei que se vou dizer isso é mentira, que vou te deixar só aos pés do caixão do filho querido da derrota baixando à terra, que minto como um perro e nem tenho mesmo certeza de ser a minha mãe quem está ali assim a rir a morte de meu irmão Maninho com a caveira dela, de dor. A mãe está ali, sim, mas vai comigo pela mão e é mil novecentos e trinta e tal e tem o cabelo liso escorrido parecia estava sempre molhado, saído em baixo do chuveiro colonial, de dentro da selha do banho, e o pai vai xingando, caminho da Exposição-Feira:

– Este sacaninha só quer é andar de bebé...
E fuzila no Maninho que vai xacatando, se queixa de matacanhas. E a mãe nos troca, vou eu com velho Paulo e ela, um pouco trasada, ralha docemente no Maninho: "não o zangues!" e não vejo como o velho Paulo sorri, tocado no coração, quando se volta é a sua cara dura e mandona:
– Não te ponhas a punir por ele! Senão racho-vos...
As portas de ferro estão abertas, toca a entrar, só que não se pode mais trocar de mão, ir eu no velho Paulo, no nosso talhão, e o Maninho ficar ainda na mãe a nos ver ir e a me recomendar que não lhe zangasse no velho Paulo.
De Massangano[39] na Muxima[40] é que corre o Kuanza[41] – caminho da foz.
Mas ainda não cheguei na foz, o acompanhamento saiu e eu me esquivei, quero ir a pé, é uma mania, quero ir a pé, a Mimi que tome conta na mãe, que a Rute merece este passeio a pé, ela está deitada e tão quieta, mais do que já era, olhos soltos no ar de pássaros e ainda não acordou. Quando despertar: risos, choros ou a cantigazinha que, nos namorados ouvidos, sussurrou no Parque Heróis de Chaves, o livro era *Verdes Amores* de Collete e nunca tinha-lhe lido, dera-lhe só por causa a capa, o título. O amor não é um fruto; teia d'aranha de nervuras de folha, será assim?
Verdes amores não tem mais, nunca mais.
Xaxualho de folhas de mulembeira no deslocar do ar vermelho entre os corpos e o desenho das flores do pé, Maricota e o riso branco, limitado risode quem que sabe que a pele não é onça – muitas vezes é quinzar! –, Rute comigo, toda quieta, seu interior ritmo só nos meus braços e ele, Maninho, é quem

---

[39] **Massangano**: localidade próxima de Luanda, onde havia fortes contingentes das tropas coloniais.

[40] **Muxima**: região próxima a Luanda, na margem esquerda do rio Kwanza, famosa pelo santuário de Nossa Senhora da Conceição da Muxima, a quem eram dirigidas rezas e promessas pelas mulheres que desejavam a graça da fertilidade e/ou proteção para a gravidez.

[41] **Kwanza**: principal rio angolano.

é o capitão-mor do riso e nessa vez eu não estava lá, percorria as sonolentas ruas do antigamente, discutindo com o Coco, quando lhe agarrava, e vieram-me contar, vieram-me dizer, Kibiaka repetiu:
"– Quando eu morrer, quero que vá o gramofone em cima do caixão..."
A tocar a *Cumparsita* não era Maninho? A tocar uma comparsita, a bandeira que nem vento tem para lhe dar vida, bandeira de morto, a espada e o boné, a comparsita dança agora o teu cadáver com o passo dos passos diferentes, somos quatro de alturas, pesos e andares diferentes, dançamos diferente o nosso tangozinho de angústia caminhando no buraco aberto – rasgados passos, com flores nos artelhos, Maninho; certos, medidos, a mania das certezas, não é, Mais-Velho?, os meus e os que obrigo na Rute mas ela tem um ritmo interior desigual do meu, mulatinha que escapa para as águas de seu capitão-mor; Kibiaka, o trivial simples, o dançar, quando tem, é o comer quando tem, simples dignidade do corpo; e Paizinho?: ele que não sabe dançar é quem melhor dança porque não tem pessoa para rir no seu desajeito e todas querem dançar com ele, que lhes pisa, mas as palavras são tão certas e únicas de dançador de verdade, ninguém sente seus passos rebeldes. Paizinho nunca trai, porque é sério em tudo que em sua vida faz: mel dos outros na cera dos seus dias tira.

Somos quatro, de ritmos e passos diferentes, carregamos, na zuna, o alegre caixão da nossa infância e os quinjongos saltam e oiço berrar:

– Mais-Velho! Mais-Velho-é?!

Aí estão os sacristas, vêm na Floresta da Agricultura, adiantaram chegar, ocupam a lagoa, vai ter que ter peleja e então paro: somos quatro, seis eles – os sacristas do Bairro Azul da Ingombota invadiram nos nossos domínios. Paizinho mostra o arco em cima da cabeça, avisa:

— Etu mal'éééééé!⁴²

Silêncio nos cobre, parámos as corridas, vamos a passos, afastamos uns nos outros, o Maninho é quem manda, um menor como ele é que sabe. O sol em cima da floresta, a mata, a coluna pelo capim ondulado, os brilhos vermelhos na lagoa calada – seis sacristas correm, não lhes vemos para não nos verem. Os brugaus dentro dos bolsos riem com as pequenas corridas. Paizinho pousou seu arco e as flechas, isso não vale, como pedra d'aço, não vale, e cada qual junta as pedrinhas no chão fechando a mata em semicírculo, ordens do Maninho passa Kibiaka passa Paizinho e eu espreito a cabeça em cima das cabeças dos capins frutificados e floridos – a mata está deserta, silêncio, os sacristas fugiram?

– Cagunfas! Fidascaixas! Fidasmães! Fidas...

Ó remexer xaxualhado de todos os paus da lagoa de Kinaxixi, que me quereis, somos quatro ritmos e saberes e vidas diferentes, o caixão oscila, não tem comparsita, um silêncio só, gravidade fingida que os estômagos trabalham seus ruídos, os corações pulsam, os rins filtram, não era como nós nessa tarde de sol. Silêncio era de vida, nosso – e o grito gorjeado do plimplau, sinal dos sacristas, cortou. Me abaixo. A pedra zune por cima da minha cabeça, é um viem que o Maninho não vai ouvir, o cu d'agulha só que lhe vai sussurrar o sangue no capim e então vai chorar porque não foi em combate.

– Deixem os sacristas zunir primeiro! Mirem onde os fidasmães estão!...

E Kibiaka, o dos mil pássaros, ajoelha, estica as borrachas da fisga, cem metros entre ele e o braço do Antoninho, a borracha esticada canta e treme, mal esquivado atrás da mufumeira – os picos não deixam a gente se encostar bem, vê-se logo o fidamãe é um pixote, escolheu mafumeira para se esconder atrás, o mariquinhas! Só o grito dele, de dor, e os gritos de plimplau que saem com eles atrás dos paus, são seis, sabem que somos quatro,

---

⁴² **Etu mal'éééééé!**: Nós somos homens!

vêm para o corpo-a-corpo, bassula e borno e gapse – ganharão. Ganharão? Nós, os do Makulusu, os quatro, costas nas costas, esperamos. O capim quieto, o sol rutila, o silêncio respira, seis pares de olhos vêm com devagar, onças mais e cagunfas sempre assim, cheios de nhufa, Kibiaka xinga:
– Cagunfas, ataquem!...
Mais devagar. O Antoninho sussurra nos ouvidos do Pipito e ele só ri e nós sabemos: vão começar a zunir na nossa volta, três num lado, três no outro, dançando e batendo a mão na boca, uatobando os gritos, vão nos fazer desfazer no nosso quadrado e depois vão ganhar.
– Cada um com cada qual! Agarrem os ovos dos fidascaixas!
Calou mesmo a tua voz de comandante, Maninho? Aquele a quem se estendiam os capins de entre Makulusu e Kinaxixi? Mas ninguém arranca, cada qual com cada um nunca terá nessa tarde...

Saudades terras do Enclave
Que foram berço dum angolano...

A banda do Sambo[43] estoira suas granadas de mil estilhaços de música no Largo da Maria da Fonte.
– Mais-Velho! Pazes!
– Toninho! Pazes!
Somos dez – corremos para baixo do fogo das granadas e rajadas de tiros de música, nossos cabelos no vento, fisgas no pescoço – o riso, a trégua, a paz da alegria. Somos dez e para começar, Maninho só que deixará o sangue no capim, pauta de música de nossas bandas. Mas ainda é cedo para pensar a morte, o Bairro Azul e o Makulusu fizeram as pazes, capitularam na frente da alegria e da música.
Zunimos. Capim se estende nos nossos pés e o sol recolhe

---

[43] **Sambo**: nome de um músico, nascido na província de Cabinda, que se tornou famoso em Luanda nas décadas de 40 e 50.

em nossos risos. O pontapé na pedra, o grito rido, não tem morte para a alegria, não tem morte:
— Porra! Carolo de Maninho: palavra podre não pode se falar na hora de passar a banda de sô Sambo!
— Malcriado! Por quê paraste Maninho, por quê paraste para ficares comigo, só a dor do pontapé, os outros lá vão e o tiro vai ser para ti, especial, de encomenda, ele sabe que é um jogo terrível: um alferes por sua vida. Vai disparar, o sargento vai-lhe queimar em cima da árvore com sua carabina inutilmente vazia ainda na mão. Fazer o que deve ser feito mesmo sabendo que se o fizer, morrerá — Anselmo, companheiro do Inglês na Guerra de Espanha do Hemingway ou Maninho, nosso capitão-mor das guerras e das tréguas, que não admitia asneira na hora do Sambo tocar? Tu, meu ignorado guerrilheiro, nem o nome posso escrever e se disser um só pode ser: Kibiaka — ele é todos, ele é a dignidade: "Um gajo cansa-se de não ser homem!"
Outra asneira digo, sai outro carolo. E eu outra asneira. E ele uma bofetada. E eu então rio:
— Vou queixar à mãe, vais ver!
Lutamos, capim não se ajoelha mais nos nossos pés: vergonha, irmãos, vejam só!
— Mais-Velho-é! Maninho-é!
Kibiaka nos chama, a banda parou no largo, mestre maestro Sambo limpa o suor; corremos de mão dada.
Corremos de mão dada, vejo-lhe daqui agora, o vento rondou e eu cambei a vela, a colina toda virou incêndio de acácias em flor, a meia encosta e os nossos risos são o escândalo de alguém que nos espia no colégio das madres: Maria e eu. Ainda não sabia que as mulheres que amam de verdade nunca riem quando o amador ri: riso é água recíproca, se bebe, não se jorra comum de dois.
Não é verdade, Rute, minha cunhada no caminho malembemente do silêncio uterino, não é verdade, Maninho, lenta e

compassadamente "esquerdo, direito, esquerdo, direito, acerta o passo seu abécula!" no caminho do infernal ruído do inferno? Ad omnia sæcula sæculorum: a mãe está dizer que vais no céu, meu irmão terreno, ainda estás aqui no teu branco e imaculado fato de cerimónia e já querem te enviar no céu, para as verdes anharas do céu, morto és um incómodo, um sinal vermelho que não dá passagem e eles querem passar, querem circular, fazer os outros circular. No céu, vejam só: e lá está o padre, protocolarmente paramentado, a fazer tudo quanto é possível, a meter o empenho, a cunhazita, a carta de recomendação sempre necessária. Para a terra, sim, e em terra te transformarás e ainda bem, do mal o menos, ensinou o velho Paulo. Ouve, mãe, ouve: agora que larguei a última cama do Maninho, não tem percevejos, não aceito olhar no buraco vermelho que a terra está a rir para o meu irmão morto na guerra púnica das matas do Ngulungu e Mbaka ou lá onde foi, nós não precisamos dessa merdinha de cova, nos estamos marimbando para essa vossa economia – cultura intensiva, não é assim? – temos todos, nós, os do Makulusu, a nossa bela cova de infância, oito por quatro, mas é fácil, eu já não sou capaz de achar o volume do cilindro, mas é fácil e por isso, mãe, ouve: eu não quero ser enterrado, é uma palavra tão feia, tão fria, tão fosca, tão fresca; ou sepultado, outra, rima com abandonado, excomungado, capado e castrado, dominado e discriminado – escravizado! – essas todas palavras e suas rimas e sinónimos, todas têm silêncio e quietez e eu quero ser lançado no mar e então ao menos terei ilusão de movimento, vou nascer outra vez embalado, baloiçado nas ondas todo o tempo e não vou ser pó, serei plâncton e vadiarei, vou andar no quilapanga por todas as praias do Mundo. Mas se ficar aqui mãe, ao menos aqui que seja aqui, na frente do mar, ao meu mar da nossa terra de Luanda. O mar tem lágrimas; e vejo o *Sofala*, o primeiro quatro mastros que eu vejo, chamo sempre mastros aos paus de carga e estou a desenhar, vou continuar toda a vida a desenhar no meu caderno escolar o *Cuanza* e o *Colonial*, o *João Belo*, o *Mouzinho* e o pai Paulo, como

está aqui comigo, me arreia de cinto ou de corda molhada e grita para todo o Makulusu, por cima dos meus berros calados:
— Vadio! Só quer andar no quilapanga, na boavaiela e eu a matar-me a trabalhar para ele estudar!...
Mas se eu quero barcos e mar e quando tu, mãe, dizes: que belo padre, eu sempre refilo dentro dos teus olhos: quero ser marinheiro, e estou na ponte da Guarda Fiscal e desenho barcos e os sacristas do Bairro Azul, mais o Maninho, o Kibiaka, o Paizinho estão, de pazes feitas e capituladas com jinguba e rebuçados de hortelã-pimenta, e micondos, às fimbas, nus, e ao sol resplandindecentes. Diz que sim, mãe, diz que sim, que não vais deixar me enterrarem, mãe. Vês? Choro: pensas que é a morte do Maninho, mas nem lembro ele; nem do Paizinho, que resiste nas torturas: eu estou só com medo, cagaço, uoma de ser enterrado.

Enterrado: rimas em ado e sinónimos tantos. Se eu não fosse tomar uma, duas, três pílulas logo, para adiantar dormir, sabia o perigo da sabedoria cristalizada em rimas e sinónimos. Se eu não fosse aguentar, pé firme, os discursos todos, as promessas de condecoração que ali vão ser atiradas como um osso, no cão cabíri de olhos baixos e muquila entre as pernas que é a minha mãe de um só filho restado, saberia.

Saberia: nem padre, nem marinheiro, velho Paulo o disse e me ensinou sem eu querer aprender e então perdi o tempo sacudindo essa sabedoria colada à pele branca pelo lado de dentro, o que custa mais a arrancar, é preciso tirar a pele e descobrir o homem sob a calote óssea no seu fluir e refluir nas mãos, e o tempo, a vida, passou, tenho trinta e quatro anos de vida e de morte, nem padre nem marinheiro. Sinal de não, vermelho acender do poste, caveira de ossos cruzados na tabuleta só, quais padre, quais marinheiro — é o que sou.

Querem exemplos, sinónimos e rimas, mãe, queres beber na sabedoria de cinco séculos?

A que é minha nunca cunhada, mulata:
— Com mulata, teu dinheiro precata!

Mulatos, sinónimos: narros, sungaribengos, os sem-santo, mulatorros...
– Mulatos: canetas, futebol e bailes!
A admiraçãozinha do semianalfabeto no cursivo da caligrafia, o floreado da assinatura no desprezo: é um caneta. Sinónimo: burocrata de meia tigela – invejado nas mãos calosas.
Velho Paulo, velho Paulo, aí vai o Maninho para rir de tudo isso que estás a dizer, ele está untado com o azeite-palma que comeu, logo, deliciado, no dia um de Maio dum ano qualquer, mas a mim doeu muito arrancar tudo isso debaixo da pele e nunca posso apagar as cicatrizes.
– Catetes são ladrões: uma agulha sem cu, para nada serve, roubam!
E o cu d'agulha no peito do teu filho, por onde que a vida se exilou, é a devolução, sabes? Roubam mas voltam – e por inteiro.
– Cabindas: faquistas; quibalas: mangonheiros. Prò trabalho só os bailundos!
Novamente o analfabetismo a boiar azeite de séculos, sempre:
– Ambaquistas, os mais perigosos: assinam em círculo para não haver um cabeça, dicionário e códigos comprados aos fascículos... requerimentistas, advogados de sanzala...
A sabedoria é isto: nem padre, nem marinheiro – filho de colono tem de aprender os ritos e os mitos.
Não me deixes enterrar, mãe, agarra-te a mim, isso, agarra-te no único rochedo que te deixam, tão frágil, se tu soubesses, música de Sambo só, desfeita no pó do tempo e das ruas velhas – Flores e Sol, Enforcados e Mercadores – e leituras de documentos e o respeito por mulheres, preconceito ao contrário. O Paizinho aguentará, nele só a cabeça comunica e por isso, mãe, posso ser egoísta e gritar-te calado e desensofrido: não me deixes enterrar!
Caminho no miradouro que já não tem, não é para ver o Makokaloji que já não tem, mas não posso mais: o barco do

Maninho bungulou nas ondas do nosso andar e eu é que estou mareado.

Ο céu escorre cinzento e escuro em cima da cidade, o mar tem manchas de sombras movediças e, de repente, o sol luz e se esconde e uns fios finos de aguaceiro ameaçado, são batedores dessas patrulhas de chuva que por aí vêm. Vão estragar no funeral do Maninho, tão bonito que ele está, tão menitos que eles estão, a fungar, a olhar, desconfiados, o ar e as nuvens, a pensar já que vai ser preciso mandar limpar os fatos, são mais tantos escudos, e os sapatos ficarão com lama, chatice limpar as espingardas logo que lá chegarmos e pôr óleo fino.

E então é como assim a faísca, o raio, o trovão da salva do estilo: não me lembrei quando lá passei de manhã, ou de tarde, nem sei já, antes ou depois da prisão do Paizinho, não sei mais, e agora é nítido, está ali na minha cara: o vazio da esquina e dentro dele o fantasma do Palácio dos Fantasmas – Rua das Flores, rua das flores, nem uma só que encontrei e até isso tinha, Palácio dos Fantasmas, parecia toda ela não era mas é um fantasma teimoso de continuar vivo.

Diante de mim, nítido, o velho sobrado do antigamente. Adormecido palácio e, de repente, abrem as portas e quando lá entramos, para respirar o honesto suor dos negreiros, pumbeiros e feirantes e aviados e empacaceiros e capitães-mores da guerra branca e preta, estão-se a rir de nós, anarco-comuno-surrealistas, estão-se a rir de nós, como é possível, meu Deus!, deixam-nos vir para aqui, para Angola, Luanda, terra portuguesa, ano de mil novecentos e cinquenta e poucos, isto ainda vá que não vá em Lisboa, em Paris sim, agora: aqui!? Subversão dos altos valores da Pátria, estão-se a rir de nós, cuidado! têm uma cubata no musseque onde fazem reuniões... Artistas? Cuidado!: comunistas! Panascas, se calhar. E vejam só: esta corrente velha, roída de ferrugem, retirada nas nossas consciências, no nosso dinheiro – estas manchas eles as pintaram ou é o sangue que o avô aí deixou, do escravo que lhe ousou? –, e como é, Berta, diz

lá: Ah! "Corrente d'ar", o título? Sim, compreendo, que profundidade!, agora sim, começaremos a alinhar com outras capitais, um pouco atrasados, Berta, 'tá bem filha, mas olha a situação geográfica, é o primeiro passo, acertaremos o relógio pelas horas da Europa – estes são os outros, os da Cidade Alta. Mas vocês chegaram depois, deixem-se disso, de acertar as horas, o nosso relógio trabalha como queremos, oleado com suor e sangue, não precisamos das vossas descobertas de Angola no século xx, vão lá prò Terreiro do Paço, a nossa política é tradicional, tradicionalista, não venham com esses estrangeirismos, surrealismos, minha senhora, nós sempre soubemos manter a nossa cidade, "pão numa, chicote na outra" e estes artistas estão a insultar- nos, a rir-se de nós e isso não: comunistas?
  E eu berro para o Maninho:
  – Infantilidades! Desenhos de crianças obscenas, nas paredes, mas a casa estará ainda de pé quando essas crianças morrerem!
  E o Coco, o Paizinho – vejam só, o Paizinho! O homem é uma relação, nunca um ser –, o Dino e os outros todos, saltam-me em cima, xingam- me de velho, bota-de-elástico, reaccionário, pequeno burguês e eu esbracejo e grito e mordo e ladro e quero ter razão e, naquela hora, ali, no Palácio dos Fantasmas, na nossa terra de Luanda, não posso ter, só o tempo ma vai dar.
  Deu?
  Maninho, como é mesmo esse teu gosto de ir até no fim das coisas? Se eles te ouvissem, se eles soubessem – não salvaria a salva, terias só em teu funeral quatro, se autorizassem o enterro: eu, a mãe, a Maricota e a Mimi. Mais ninguém, te juro sangue de Cristo, cocó de cabrito, já não lembro o resto, só te vejo os olhos, os risos, a força, os tapetes estendidos nos teus pés, meu irmão morto:
  – Só tem um pequeno defeito, esta exposição surrealista! Falta um automático, célula fotoeléctrica para accionar a bomba, as cargas de trotil. E na hora que o governador, ou o bispo, ou

o seu representante cortasse a fita simbólica da inauguração ou dissesse a palavra: categoria, ou: profundo, ou: nível, o palácio, a exposição e tudo mais no ar, girândola de fogo-de-artifício, chuva de pedras de cadáveres a chover em cima da cidade...
Não, Maninho, não tens razão. Nada disso. Eu é que sei o que falta na exposição e é pena não ser hoje, não ser agora, 1963, 481.o ano das guerras angolanas gerais, que eu ia-lhe procurar no Cruzeiro Seixas – não é assim que se chama o dono daquilo?
– e digo:
– Sou irmão dum alferes morto da guerra de Angola, que morreu a rir e eu pensava que ele estava a chorar por não morrer em combate. Quero expor uma escultura.
E ele ia ver nos meus olhos que era a sério, não eram brincadeiras para chatear o burguês, o colono, o governo, ia ler isso no meu não chorar o corpo do meu irmão Maninho. O governador cortaria a fita que está cá em baixo, no passeio, e seria, por exemplo, uma fita de metralhadora ou o umbilical cordão de mulher parida e depois todos sobem a escada, catálogos na mão, ansiosos, febris, imaginando já a beleza do grupo escultórico número um, lição aos novos, aos vindouros, afirmação de nossos valores e, de repente, estarrecidos, nem mais um passo, nem mais um som, nem mais um piscar de olhos, esgar, o surdo bater dos corações só, cansados de xinjicar o sangue nas veias durecidas de crimes:
Maninho está ali, de camuflado, na posição fetal, pulsos amarrados nos artelhos por uma corrente de escravo, está metido numa gigantesca bola de plástico branco, made in USA como diz a marca, e flutua, de lento e inexorável, marítimo, dentro de um cosmos de líquido amarelo: cerveja. O Maninho está num útero americano boiando morto, ou para nascer ainda, dentro da cerveja amarela e límpida e conspurca-lhe na fronte branca a coroa de louros dos heróis mortos, o ramo de folhas de cafezeiro. Só isso. E, com devagar, fascinados no movimento de rotação de Maninho no universo do útero cerevisíaco,

lento e eterno movimento se alguém não fizer um furinho só que seja no plástico made in USA, vão abrir os catálogos e, na secção "Escultura", lá estará: nº 1 – "Deus, Pátria e Família", o título, com o entre parênteses no lugar do preço: (propriedade privada).
O sono na história vai parir mais monstros.
Continua a chover a morrinha fininha, chuva de mortos, chuva do caju[44], ou é dos meus olhos que chove água e a terra nasce o conhecido olor?
Cemiteriozinho do Alto das Cruzes, meu doméstico cemitério, cá estou eu outra vez, vês? Não posso estar muito tempo sem responder no teu chamado, hoje te trago o Maninho, vai no sítio onde estão já o Tininho e o pai Paulo, nossa chitacazinha particular, minha única demarcação, roçazita, arimo que vamos desenvolvendo com o nosso próprio capital acumulado, não precisamos empréstimos, já que o Maninho fez a derruba, as queimadas, agora vamos-lhe plantar na terra alheia dos outros e, por este andar, semeando assim, qualquer dia não tem mais matas virgens de Mbaka ou Uíje, capins livres do nosso Makulusu e vamos ter todos que fornicar em cima das sepulturas dos nossos próprios mortos. Todos! Sem diferença de cores ou credos – e de fortunas? – que é a política oficial: não discriminação...
Cá estou eu outra vez, vês? Mas ainda não cheguei, tu e os teus tranquilos mortos nos ouvem já nos risos e nos gritos de alegria do nosso marchar, formamos alas, xindas – libambos de miúdos monandengues amarrados no encanto do homem suado, de fraque e chapéu alto. Ainda não cheguei cá, venho a pé pelo mesmo caminho de sempre, é a oferta que te dou, Rute, que ficou ad sæcula sæculorum sozinha com seu silêncio onde que a vida vai jorrar na cantiguinha tola, espalhada nas quatro paredes do seu futuro.
Fraque, é isso, ou jaqueta? Nunca sei: a asa-de-grilo, modo que chamamos e rimos e o Maninho, saliente, grita:

---

[44] **chuva do caju**: nome dado às chuvas curtas que cortam o período de seca em Luanda.

— Sô Sambo! Sô Sambo! O chapéu ainda-é! O chapéu m'empresta só!

E ele ri, de costas marchando e marcando compasso, revienga e vai na frente, o chapéu alto cobiçado e o riso que assusta e chateia nas graves pessoas resmungando para dentro da sua tristeza imoral: "sempre a mesma coisa". Mas nós não abandonamos cobardemente o nosso chefe, aquele que estende as notas do seu rir para nós, por cima dos rires dos instrumentos.

— Sô Sambo, o chapéu então?!...

Tristeza já, na voz, ninguém ouve; xingamos Maninho: saliente, deixa lá que vou-te contar! Ninguém ouve: é preciso um coração de ouro escondido na areia que a vida leva. E tem, tem sempre em todas as infâncias esse coração. Da vida é isto — o que a vida dá: um chapéu que entra na cabeça e fica a boiar assente nas orelhas, o orgulho de um passo marcial e duas mãos em frente da boca, ao lado do negro do fraque, regendo a banda:

Pópum! pópum! pópum!

Maninho: isto, isso, que levaste em dez metros de tua felicidade e dele, de mestre maestro sô Sambo, da alegria de todos nós, os do Makulusu, e o nosso subtil orgulho por ti e invejados do chapéu que cheirava a suor e ao cheiro que Maria odeia e tem uma maneira cruel de lhe pronunciar: catinga, parece ela diz: morte, isso, Maninho, nunca mais? Para vivos ou mortos, nunca mais?

E o sol rutila e os mil reflexos de ouro e prata nos instrumentos tecem halos por volta das cabeças dos músicos, no compasso de seus passos, pela rua do cemitério — e nós sempre iremos atrás deles, até onde, até onde?

Da vida é isto — e o pequeno furo cu d'agulha por onde que saiu toda a música daquela tarde do Sambo e nós, atrás, escabassando o tempo e os musseques areais, nós os do Makulusu,

mão na mão com maestro Sambo, fazedor de vontades de monandengues, eles são a pureza da música, a ingenuidade da sua desafinação de amador e o ouro é no mais secreto do areal que damos encontro. Como ali, oiçam só:
— Quero que o meu caixão leve o gramofone tocando...
A *Cumparsita* não é, Maninho? Me contaram, vieram-me contar e eu nem liguei um tostão de importância nessas tuas palavras de pedido junto nos peitos desabotoados de Maricota.

E tu já nos ensinavas a tristeza que tem na morte, só para a Mimi estás ainda bonito, para a mãe morto, para o velho Paulo "nem os gatos a querem", para Rute, sim, para Rute — o que estarás para ela, solta que voga nas plumas do seu mais belo passarinho? Mas ali não foi a comparsita, ele se chegou connosco e disse, afirmou sem perguntar, sabia:
— Vocês gostam!

E ria porque ele gostava que a gente gostava, só por isso que vestia fraque, chapéu.

E o Maninho, saliente, começa fazer perguntas e então todos falamos, queremos esta, queremos mais esta: pópum, pópum, taratatchim, sô Sambo aquela assim, assim... Kibiaka assobia — e pássaros só lhe saem nos beiços grossos, ele mesmo diz, rido e gozão:
— Impossível! Não pode ser! Só uma gaiola de bigodes fazem essa música, meu neto!

Pena e não orgulho, o que a gente sentimos. Orgulho mesmo só ele que sabe, naqueles assobios de menino, que a música tem coração de monandengue. Tristeza, é o que leio nos olhos dele, de repente? Não, está outra vez a rir, sorri em todos nós, os do Makulusu e os outros, mas hoje só sei que sim, um relampagozinho de tristeza era, porque ele sentia a música ali, viu-lhe e Kibiaka não podia ser levado na banda, não podia ser levado numa escola, num conservatório, estudar e deixar sair sua musiquinha que lhe ensinaram nos pássaros de monandengue. Muadiaquime Sambo, tu nem sabias também que um só instrumento estava-lhe reservado: o que tem a música da pólvora

explodindo, frágil quissanje. E lhe dei o primeiro, de doze tiros, *Parabellum* de nove milímetros.
 — Oiçam então, meus netos: clarim!
Estendeu aquela espécie de funil, amarelo brilhou nos nossos olhos e no olho do sol da tarde e o músico soprou no claro e estridente só, de corneta do batalhão, não é Paizinho? Qual quê! Melhor, muito melhor, e rimos na fífia que ele acabou com ela.
E ele já comandava, sério, a voz grossa:
 — Baixo!
Rimos, vimos: quando tem música, no meio dos outros barulhos, o do baixo não se sentia assim, parecia um homem nas barrocas, barulho dele...
E então os trombones, de pistões e varas, se alinharam, soltaram suas claridades e o sustido som do grave e o melancólico clarinete cassumbulou nossa alegria, aí sérios estamos ficando, a música se arruma, velho nosso avô Sambo já fechou no riso, rege. Clarinete só e clarinete contralto e trompa — ainda explica, mas nada mais, que nós já vamos no atrás da banda, eles todos vão como eu não gosto: farda de caqui com bivaque, e pelejo outra vez, mas com Paizinho, ele gosta, eu digo que não presta e o Kibiaka me xinga e sô Sambo nos acena e a banda manda na tristeza da tarde e de sempre, pelo tempo dentro até tocar sua cantiga de homenagem, um dia:

Saudades terras do Enclave
Que foram berço dum angolano
Que em vida se chamou Sambo
E que tocava sua musicadas
Tocava suas musicadas
Também curava os doentes...

Mas não é esta que a banda toca, ainda não virou seu neto na frente dos músicos — a valsa, a mazurca, nomes não sabidos de nós, os do Makulusu, mas no ninhozinho de nossos corações aí está a tradução: pópum, pópum, pópum, aiuê sô Sambo!

Já foi neto, sabe ser avô e chama e eu ainda discuto, teimoso, enquanto a banda se enche de pó e sol e distância no tempo e nos caminhos areais estendidos e morrinha de sol e chuva em cima da tarde da nossa terra de Luanda no som do tambor e pratos que imitamos e das nossas bochechas cansadas do pópum! pópum! até à noite, vou discutir no Paizinho que: não senhor, a outra é melhor, mais bonita: a farda de azul ganga, as casas abotoadas até cima, as calças de lista vermelha, o boné à francesa. A lista vermelha das calças é raio ziguezagueante da marcha. A melhor do mundo, do mundo e arredores, "Café! Café!", "Quietos, miúdos!", "Porra, pelejamos!"...

Da vida é isto, o que a vida deu: quicuerrazinha de música em tarde de sol, com nosso avô sô Sambo e suas musicadas.

E nem sequer a banda do Sambo no teu enterro tem, Maninho, saliente monandengue que aí vais, quieto e frio – já não tem, já não tem Sambo, já não tem mais banda, não tem mais alegria. A salva do estilo, a boca vermelha que te espera, a impaciência bem disfarçada no perigo da chuvada. Paizinho aguentará, tenho a certeza; eu é que não aguento, vou fugir, mas a mãe se agarra no meu braço, já fugi duas vezes e ela não quer ficar sozinha e só eu lhe conheço os olhos resignados, mais ninguém sabe ali no meio de todos, eu só sei do baton nunca usado, das unhas partidas e negras, da azeitona e dos Invernos, do teu cabelo escorrido e novo em mil novecentos e trinta e tal. Só eu sei. Mas venho longe ainda, no caminho deste cemitério, posso sentir já o barulho silencioso e ordenado, confusão bem arrumada de um funeral de alferes no talhão familiar. Ver-lhe de longe, sentir-lhe nos ouvidos, cheirar-lhe no vento – o espantalho fardado de branco, a braçadeira e o T, à esquerda, à esquerda, à direita táxis, venoso era na direita ou na esquerda no coração do caxexe que, no som da carabina, soltou a pluma no ar e ela veio, silenciosa, te cair na mão que esfriava enquanto sorrias e já não ouvias a fuzilaria por cima e por todos os lados de ti? As metralhadoras e as granadas de mão e outra vez o oco do tiro isolado da carabina

Nós, os do Makulusu

– do cu d'agulha, o sangue tinha agora uma classificação só, não era venoso nem arterial, era sangue, sangue inútil, escurecendo no contacto do ar e banhando o sorriso de Maninho, alferes, que vinha-nos confessar que estava a ficar cansado por dentro e que me deu encontro no mais analfabeto da sua coluna, o mais puro dos moços que está ali, agarrado na metralhadora, a disparar, doido, virado à mata e não sabe que não pode fazer nada e reza baixinho, dispara: não morra, meu alferes, não morra, vou já buscá-lo, vou já buscá-lo, espere...
O capitão é quem lhe levantou e o sangue já não estava lá – à terra regressara.

Na próxima serei eu, cemiteriozinho do meu descontentamento, sonolento que estás e como tudo isto é chato e fúnebre, palavras e palavras e a chuva fugiu, pelo menos era uma ameaça concreta, qualquer coisa que desculpava na alegria da tua desculpa, tu que me olhas, tua fuga, apanhar o táxi: "Estava a chover!..." – eu sei que é muito doloroso dar encontro na nossa morte na morte dos outros. Já lhe vi muitas vezes e ainda não me habituei, é o que me respondes. Não te incomodo a digestão dos cadáveres diários, pronto, Cemitério do Alto das Cruzes. Estou cansado e, então, uma raivinha me aquece, uma dor, e choro agora de verdade, sinceras lágrimas quentes, a besta do capitão pensa que é pelo que ele está para ali a papaguear, Maninho, que arqueólogo vai te descobrir, meu irmão, nosso capitão-mor, aquele a quem se estenderam todas as dores, o melhor de nós?
Nós, os do Makulusu, só eu restei.

Darão encontro com um esqueleto nu e mais nada, um esqueleto quieto e mais nada, de quem tanto tinha e nem inscrições nem safiras para imitar teus olhos, o copo onde que ambos comeram o sorvete-baleizão, a florezinha de acácia onde lhe ganhaste ao amor, a pluma do caxexe voado e caída malembe na palma da tua mão, vais estar em repouso, os ossos indicarão a tristeza mortal do nosso tempo, nosso tempo cafofo em que nem na morte celebrava-se a vida que não se teve: nem Maricota, nem

Rute, nem as peles que se estendiam jovens no teu corpo de capitão-mor do reino do amar, nem o dardo voando e faiscando de branco nos Coqueiros, a mão no leme desajeitada, a bola ao cesto, os livros que amavas, os discos que cantavas, a pequena côdea de pão rijo, de uma semana, que guardavas no canto da gaveta para não te deitarem fora e, depois, comias com queijo cabreiro, duro, mais duro que o pão e dizias com felicidade: a minha avó mandou-me um queijo! – e ele nem tinha o tamanho de uma caixa de fósforos e viajara vinte dias na mala de um emigrante para te fazer sorrir só os olhos e os dentes.

O arqueólogo vai pensar que eras capado, que éramos capados e cegos, e tristes, cafofos e estúpidos – e do seu século vinte e qualquer coisa preferirá continuar a dragar o Nilo ou esventrar nos Andes para dar encontro às belas histórias que esses mortos vão falar sempre, per omnia sæcula sæculorum...

De nós, Maninho, só ossos – branco, escuridão e nada mais.

E tem um buraco para acácia recém-plantada, na meia encosta, de lá não víamos o mar, por isso calei meu sorriso ao ver a colina ardendo no sol, por baixo do braço alevantado e do seio cor de cola-maquezo de Rute, um buraco ou ninho de metralhadora é que era talvez, e daí não vemos o mar brilhar nessa hora da tarde. Uma paz esconde a cumplicidade e o capim alto ajudava, pássaros em ninho, galinholas, galinhas-do-mato, hangas era o que éramos, no meio de nossos corpos tinha um pequeno pé de planta de folhinhas afastadas, a gente respeitava-lhe por baixo dos nossos beijos. Desci-lhe as calças verdes, à pirata, e rimos, ambos maravilhados do fácil que era puxar assim umas calças verdes à pirata que se trouxeram enroladas até acima do joelho por baixo da saia, só para atravessar o Makulusu, e o céu por cima de nós era violeta-anil e cinzentos mil e as pernas loiras de Maria, quentes só de lhes ver brilhar o branco delas, calor delas se libertava e nos aconchegava mais e então puxei as finas azuis cuequinhas de nylon que usava – deixámos ambos de olhar quando o cós cedeu e revelou o traço vermelho na pele loira, do seu ali estar quieto e Maria se escondeu na sombra de mim mesmo, sérios de repente, nenhum que queria ver, assim, com a luz coada no anilado céu da tarde, os corpos desnudados e foi ela mesmo quem puxou o azul do nylon até no meio das pernas loiras, para perto do fundo aí em cima do verde das calças à pirata, base da estátua do louro calor de toda a sua pele dentro de mim e então o céu se fechou, anil escurecido e ventoso, as folhas de todos os paus nos ensombrando nos corpos jovens xaxualharam num vento rápido e o calor subia da terra e nos nossos corpos e ais e ouvi, nítido, na entrechuvada que se formava, perto, por cima das nossas cabeças, o riso e o correr, a voz do Zé Pedro a dizer e outra no riso, um riso eu conhecia bem, rir de desejo calado, inseguro riso feminino, de garganta, do que ela sentia nos nossos corpos desaparecidos, da nossa anterior presença, ida agora.

– Apareçam! Já vos cocamos! Sabemos que estão escondidos!...

E a Sónia ri, outra vez o angustiado desejoso riso, rir de quem imagina o que estamos a fazer nesse nosso escondido, e o Zé Pedro não, chamava parecia era só brincadeira de escondidas, mas, nela, nosso silêncio lhe enchia de suave calor e o riso se afogava nesse afago. Estávamos mesmo por baixo deles, mas nunca nos iam poder ver, precisavam descer, e os lentos fios de areia começaram cair nos meus cabelos encostados no capim.

E Maria se encosta a mim, sinto então o frio e a vergonha, me vejo como o Zé Pedro e a Sónia, que nos espiaram, vão nos ver daqui a segundos, nos estão a ver já as nuvens, assim nos vão ver: a cidade por cima das colinas, as mil cores misturadas todo o lado, a colina, as acácias mostram-lhe no mar azul-escuro do céu anilado da chuva que vai vir e, no fundo do verde buraquinho, em baixo das árvores, duas formigas humanas, claro corpo uma, escurecido outra, se mexem no amor, pequenos bichos fugados numa cidade de camas e quartos com janelas corridas e gemidos sussurrados, aprendidos, ditos no exacto segundo que são necessários no ritual, as ciciadas palavras de sempre, relógios de cuco a horas certas, o lavar, o correr da água, tudo que está estabelecido e

determinado, outorgado, para o amor como deve de ser, numa cidade que é como deve de ser e o Zé Pedro também acha que é assim que deve de ser, se não ia rir como ri a Sónia – ela, ela não, ela sabe como é e sinto os seus passos malembes, de mão dada, começarem descer, o restolho do capim, vejo o azul do nylon em cima do verde das calças à pirata ao fundo da perna, lá em baixo, tão longe dos meus olhos colados na pele de Maria, nosso corpos nus e então tive vergonha, asco, e me chegaram as lágrimas nos olhos, tudo que era tão belo num segundo só do antigamente, e nosso só, e tão como queríamos e gostávamos, virava assim já feito o contrário, desbeleza, animais ali estávamos, beleza ida. Olhei Maria, desesperado, mas ela sorria, sorria um longínquo tão feliz sorrir de olhos semicerrados, não estava sentir como eu as vozes perto:
– Vieram para aqui, Zé Pedro! Juro-te! Vi-os passar... E a saia dela e os livros estão lá em cima, em baixo da árvore...
Maria sorri. Os semi-sorridos olhos, pequena ruga de dor sempre presente, e meu querido, meu querido numa voz só e suspiro e o seu corpo se cola, cola, quer atravessar, viajar os túneis do meu e eu sinto que vou ficar frio: o Zé Pedro, a vergonha, a Sónia, o meu cu à mostra, frio como um cadáver.
E então, de repente, chovem os grossos pingos ameaçados. Sinto as gargalhadas do Zé Pedro, Sónia e seus gritinhos disfarçados, do que agarra lhe na garganta na hora de nos dar encontro no que ela sabia, berridados pelo capim, gritos, os seus passos afastados e todo o meu corpo aquece no muito calor chegando no medo fugido, a vergonha só que fica a roer, Maria, ainda mais cerrados e doloridos os olhos, a apertar, a cerrar-me, começar a acordar no pavor da quietez do meu corpo, a despertar no meu dormido prazer e tive medo dos olhos dela, medo verdadeiro e me mexi, de leve me ondeei, cheio de dor por este mexer sem sentido, de mentira, de puro amor-próprio, defesa do que já não podia ser, sem sentimento, fingido, seco, esvaziado do que antes era e os nossos colegas, debaixo da chuva fugidos, levaram embora, me deixando só o ver-me ali num buraco aberto para

plantar acácia, nu da cintura para baixo. Mas Maria cerra violentamente os olhos até as rugas aparecerem, geme, entra por mim dentro, ondeando impetuosa e frenética, toda em si se violenta, pálida e arquejante, fugido todo o sangue dos seus lábios pálidos. Recebo-lhe assim, chove a chuva, ela se desfalece e nos deixamos empapar e lavar todo o corpo sujando-lhe de lama e berros que fazíamos com nossos corpos, metendo-lhes para dentro sempre mais para dentro da terra olorosa, vermelha-amarelada, berrando ambos e chorando, antes que a paz descesse sobre nós. Maria – contigo era morrer e eu queria viver no amor.

Terra vermelha e amarelada ali está, olho fascinado, o caixão espera, é então que me abaixo, tomo-lhe em minha mão, amasso-lhe com o som da música de chuva e mostrei a mim mesmo como lhe mostrara, lá na colina que estamos a ver do mar, agora que o barco camba e Rute ri para Maninho:
– Cura as feridas. Tapava com areia, em miúdo. Deixa!

Branca pemba, flores brancas de mupinheira, sangue nos pulsos, sangue entre as coxas, lavo a areia na mão, com a chuva, amoleço no barro, esfrego a pasta sobre o púbis, Maria cerra os olhos, misturo-lhe no fino fio de sangue que pára de correr. Puxo delicadamente o azul e verde mais escuros de molhados, lhe beijo nos olhos, a água escorre dos meus cabelos inunda os lábios exangues de Maria ainda insegura e longínqua: me devora ainda e eu não sei mas quando descobrir não é tarde de mais porque nunca é tarde de mais, mas um pedaço de mim nunca mais o terei.

E choro: queria segurar nesta areia vermelha que saiu no fundo da cova e ali está à espera de para lá regressar e amassar-lhe com os meus dedos, com mupinheiras flores e sangue de pulsos, dizer a terceira palavra da frase, kikunda, i. e. traição, e tapar com ela o buraco do peito do Maninho por onde que a vida saíra, leve e sincera, e cura a ferida, cura as feridas, juro sangue de Cristo, hóstia consagrada, deitado no capim a sentir a vida a sair assim embora enquanto as balas cantam, tocam a música do Sambo no instrumento que dei no Kibiaka, e a vida corre por baixo dele, como se mijasse, no cacimbo frio da noite, pelas pernas abaixo como no berço, na pequena cama. Metralhadoras por cima dos zincos, a chuva de bagos de areia cai, o colchão molhado de capim, o prazer de sentir o quente, como corre nesse momento, e os zincos violentamente batidos nos bagos de chumbo da chuva, foi assim que tu morreste, sei, tenho a certeza, já morri mil e uma vezes por ti, Maninho, meu irmão, e isso não te dá a vida e a Rute ainda não chegou de acreditar, por mais que se esforce não acredita que é verdade, está me sorrir seus simples castanhos olhos e vai acreditar só muito tempo depois e então, vai chorar, ninguém já lembra o Maninho, ou ficará doida, sei, vai ficar xalada e a cara da mãe continuará a se desfazer pouco-pouco, a caveira a nascer por baixo do choro rido, a rir, e eu com este barro vermelho e amarelo na mão, o barro que o Maninho vai se transformar in pulvis reverberit de pulvis pó e púbis de azul de nylon e o padre gorducho está me olhar porque estou a rir de pulvis pó e púbis azul de cuequinha em baixo da chuva do amor e a areia vermelha misturada no fiozinho de sangue de Maria, de Maninho debaixo das balas e da chuva.

Está olhar e eu agora quero deixar cair esta enorme bola de barro que nas mãos amasso debaixo da morrinha da chuva, no caixão do Maninho, antes da minha mãe, isso é contra o costume? o protocolo, vejo o olhar do padre, o súbito ódio no meu riso, vejo-lhe benzer as armas e os rapazes da coluna, antes de sair a patrulha, o Maninho a se benzer para dar o exemplo nos seus homens, põe a espingarda automática ao ombro pendurada e a sorrir parte, abençoado, para dar e receber a morte e então o padre volta na barraca ou apanha o jipão, talvez voltar a Luanda, é fim-de-semana, beber os finos vinhos das missas, ouvir confissões de belos pecados que lhe excitam e então, com a chuva a cair, grossa e suave, em cima da nossa terra de Luanda, atiro com a bola de barro amassado para o caixão de Maninho, meu alferes, para não lha chapar na cara gorducha de anjo capado ou para não lhe mandar ali, diante do meu irmão morto, à puta que o pariu.

Não uso a cabeça – mais tarde o saberei e será tarde de mais.

"Meu amor: estou camuflado de sangue – vinte meses de guerra, vinte meses de viúva, perdoar-me-ás? E as tuas mãos sobre os meus olhos curarão as feridas que aí estão gravadas a sangue, deixarei de as ver toda a vida? Não digas isto ao Mais-Velho, deixa-o ainda pensar-me capitão-mor, sim?... Diz ao Mais-Velho que continuo de catana na mão, a abrir a picada que eu quis e comecei, mas que ontem ao luar, fora da barraca, me senti cansado por dentro e que lhe perguntei, porque ele anda sempre aqui comigo no mais analfabeto da minha coluna que é o mais puro dos moços que eu vou ver morrer hoje ou amanhã, e que ele me respondeu que não sei, meu alferes, o meu alferes é que sabe. Terá um fim a picada? Cortarei a última trepadeira, rasgarei as lianas e desembocarei na estrada, no largo areal luminoso que ao sol alcatroámos, como dizem os poetas do Paizinho? Diz-lhe que, se em breve aí der um salto, depois de dois anos de silêncio, preciso de discutir com ele outra vez: mas que não me venha com livros, que me berre e diga asneiras!..."
– Queres que eu continue, Mais-Velho?
Podes continuar sim, minha mulata, dentro em breve não cunhada, não tem outro olho de água em tua vida como as palavras de Maninho, continua, eu vejo todo o pudor que tu és nesta leitura sincera da carta do teu apaixonado amador que me lês, assim, como se ele ali nos falasse aos dois, nos sorrisse

e eu sei que tu só és feliz lendo a carta para mim, lendo as palavras do Maninho àquele que é a face escondida do Maninho, outro lado da lua que o lunique[45] do teu amor não terá tempo de ver com teus próprios olhos, só assim, em fotografia transmitida pelos meus, de satélite, e aprendo mais numa só leitura de pequenas palavras da carta que é só tua e me dás porque o Maninho é de todos nós e assim o queres, que nos doze anos do corpo e riso de Maria.

O amor não é uma coisa, é uma relação.

Continua, nós ainda não sabemos que não vai haver "se em breve aí der um salto", já esquecemos e já soubemos naquele dia de sol de há dois anos, na Rua dos Mercadores e eu posso só procurar no Paizinho, tenho de lhe procurar, furar as regras que me mandou porque nunca contamos com aquilo que é certo, é uma probabilidade que não metemos em nossos quereres e fazeres, tenho de te dizer a verdade, porque sei que vais aceitar, mas depois vai passar crítica e minha autocrítica. Mas não posso calar o que é dos nossos olhos e a probabilidade-Maninho aí está: morreu.

Ainda não sei, tenho só nos ouvidos o eco das palavras da última carta para Rute e a alegria maluca de ir berrar, insultar, discutir, e vamos escolher o largo abandonado do mamarracho histórico, será quase de madrugada e vamos comprar pães na padaria ali ao lado e enquanto, no Baleizão, o Tarique não fecha, digo-lhe: "Pá! 125 gramas de manteiga!", vou num pé, venho noutro, e quando vou voltar o Paizinho já vai ter os pães na mão, quentes e macios, e o Maninho vai estar a dizer ainda e sempre o que lhe deixei a dizer:

– Porra! Leva muito tempo, leva muito tempo!...

Ó litania impaciente do sangue jovem, queremos ainda ver florir as todas flores do nosso jardim-de-infância! Pé de flor no ar – voz acanalhada da Mimi lhe cortou.

---

[45] **lunique**: Lunik, também conhecido como Programa Luna, foi um programa espacial da União Soviética que enviou 24 satélites à Lua entre 1959 e 1976. A Luna 3 foi responsável pelas primeiras fotografias do lado oculto da Lua.

O meu irmão cassula já está dormir serenado em seu caixão, foi lavado e vestido e está higienicamente embalado e defendido das moscas por uns metros quadrados de rede mosquiteira, não é mais rede de camuflagem e eu ainda o não vi, ainda lá não cheguei, nem sei ainda se vou chegar, tem a vida primeiro antes da morte, e a vida é Maninho que vou lhe levar daqui a pouco no Paizinho se lhe der encontro e só depois irei chorar, no meu quarto de sozinho, na Rua das Flores, triste velha rua que me habita com seus fantasmas do antigamente. Porque tenho a voz da Mimi no telefone e nem sei se é de verdade o que ela está me dizer, só vou acreditar quando lhe vir morto.

Higiénico e limpadinho, como vai dizer o velho Paulo, sem fazer lambança, fez uafo. Precisa limpeza com a morte, decência, arrumo, a morte é uma instituição nacional e familiar, quotidiana, e é preciso que esta prima ainda mais afastada, irmã de Júlia, Mimi, possa me dizer como está agora a sua voz, rouca e chorona, solta ridículos soluços, obrigam de mais as placas do telefone e nascem zumbidos que eu não suporto e afasto o auscultador um pouco e então me dá uma vontade xalada de rir, rir, ali na cara dos colegas que estão me olhar nas fias lágrimas soltas sem eu poder fazer nada. Sabem o que ela está me gargarejar nas lágrimas, a dois quilómetros de distância, metida numa cabina telefónica?

– Bonito que ele está! Bonito como sempre foi! Se visses...

Bonito, decência, higiene, é preciso que os jovens, como têm de ir morrer, pelo menos não tenham nojo da morte, especialmente vendo este que é um herói morto, capitão-mor do reino da morte. Morto, meu alferes, tens de continuar a receber louvores em aprumo militar. E choro e tenho raiva nas minhas lágrimas, sou de choro fácil e riso difícil, queria rir, rir na voz da Mimi que me sussurra e geme e suspira, se não me tivesse adiantado dizer primeiro que o Maninho estava morto, eu ia pensar que era de noite, e que, de pé, na cabina telefónica com um alguém estava a fornicar.

Sou eu ou a morte? A dor? Porque a Mimi não é assim, o que dela tenho, do antes, refila, peleja comigo e não quero ser injusto, não quero ver-lhe como ela não é: quieta prima, mais que madura e quieta, em seu enxoval metida e nossa senhora dos pretos da roça, piedosa e amiga. E mais tarde o sorriso gasto, a piedade secada, se debatendo ainda no fundo da cacimba seca de suas lágrimas choradas, bagrezinho no lodo. O sorriso gasto e o namorado morto no cafezal. Sempre respeitei a dor que a morte dá, nunca a morte. Nem na do Maninho respeito: seria negar, cuspir na vida bela e silente que riscou no firmamento de nossos olhos. Mas para quê então soluças e gemes e arfas e repetes: bonito, bonito, e eu te vejo cerrar os olhos no cada começo da sílaba bu e apanho, na mezua entrançada dos meus nervos acordados, o desejo que não sabes nem desconfias, que estás cuspir com a dor, porquê? Não vês, Mimi, que a distância, os cabos e placas, filtram na tua voz? Não vês que é uma pedrazinha que está entre ti, água, e mim, sanga, e que, pura, ela revela melhor a sua verdadeira natureza? Não é dor, é desejo, limpo desejo e só, sexual desejo das tuas cordas vocais esticadas e então as lágrimas que estão me correr secam, tão condepressa e tão cruelmente, que todo o mundo olha-me espantado outra vez. Teu desejo obsceno é um vento necrófago e nasço, de repente, a alegria de saber que o Maninho não aceitou se deitar contigo, dia que a coluna passou lá, na roça, e ele foi recebido com a matança do borrego, o regresso do primo pródigo. Agarraste-lhe, atraíste-lhe num qualquer canto da casa ou abusaste da sua mania de nunca fechar portas? Ou foi mesmo antes de o Pedro, teu noivo, morrer e secar o teu inútil enxoval dentro das malas, quando lá ia passar férias? Vês, Mimi: a morte, a dor, não nasce limpeza mesmo que os cadáveres estejam limpos próprio, higiénicos e bonitos, como tu soluças. Cá estou eu a te levantar na saia, miúdo ordinário que me xingavas, e a culpa não é tua, não é minha, não é de ninguém: é de todos nós que deixamos nascer jacarés na água pura.

– Bonito...
Diz, diz, eu ajudo, queres?

— Sim, Mimi! O melhor de nós. O mais bonito e homem... Ainda não percebeste, estúpida, já perdoaste o quissende que te deu, ele, o capitão-mor te disse, com seu sorrir, que não era anjo vingador, arcanjo exterminador, que era um irmão que lutava contra seus irmãos e que não precisava de tapetes de pele de mulher, porque não fazia, não aceitava, não executava vinganças por medida, encomendas de morte. Maninho, como aprendeste tanto? Como viste no desejo dela, contido e aguardado desejo derrotado pela morte no cafezal, como viste que o preço era sangue?

— Não sou um prostituto!

O teu preço é sangue e ele não lhe quer: a guerra que faz não é uma vingança. Um erro sim, mas, para Maninho, uma vingança nunca. Talvez, muitas vezes, uma forma de expiação. De legítimo e limpo holocausto. Suicídio em legítima defesa alheia. E tu não percebes o que eu te disse e continuas a aporrinhar-me os sentidos e a secar as lágrimas com as palavras que não dizes, só o teu choro lhes traduz: "se eu pudesse, se eu pudesse ao menos, ainda deitar-me com ele, mesmo assim morto, ele que matou tantos, se eu pudesse...".

Vês como te ajudei, Mimi, vês como estás sorrir já na sombra do choro uivado que é o teu, obsceno? Toma, irmã na dor, a última ajuda, vê lá se ainda não percebes agora:

— Todo nu era mais bonito, não era, Mimi?

E só o oh!, o clique do desligar e eu, livre, escorrem as lágrimas outra vez, tenho de ir procurar Paizinho é o que penso já — ver Maninho vivo, é isso, nos olhos do meu meio-irmão, afilhado do velho Paulo.

O mar.

As lágrimas correm no mar. As lágrimas vieram no mar, subiram os grandes rios. Outras lágrimas já tinha, já tinha os grandes rios de lágrimas e mais lágrimas vieram no mar. As lágrimas. Secreção, uma excreção, uma solução, depende da pessoa. Uma discriminação — depende de quem. Calo as minhas — se não lhes choro por outro alheio, porquê vou lhes chorar por ti? E se o meu choro não te vai dar vida, para quê chorar? E se te deram vida para quê então ainda lágrimas. O mar. Nunca pensei que o mar da baía da nossa terra de Luanda tivesse lágrimas misturadas. Afinal, muitos séculos já, descem Kuanza abaixo e sobem os grandes rios e a corrente lhes leva e traz e com ela se formou a ilha de Luanda ou das Cabras e agora só lhes ouvimos, o mar, nas lágrimas de Kibiaka.

Olho do miradouro que já não tem, cadavez era ali em baixo, à esquerda ou à direita, ou é só à direita ou à esquerda faz o polícia de trânsito e as portas abrem e fecham e é o funeral do meu irmão e eu não estou ali, nem ele, vocês suas cavalgaduras oficiais ides a enterrar um caixão vazio porque todos estamos aqui, no fundo do Makokaloji, a oito metros no útero da terra – vêem como até nisso vocês são avaros, ridículos, estupidamente mesquinhos? A um homem como Maninho dá-se-lhe a terra toda por sepultura, todo o mar, os rios, e não sete palmos de terra e outros tantos para baixo ou pouco mais, era melhor que uma mina anticarro lhe tivesse pulverizado e ficassem as miríades de suas células a baixar, lenta e moribundamente, sobre todo o cafezal em flor, a regar, última dádiva de si na terra de Angola, xangola, xietu, como subia o húmido e repelente fiozinho de cacimbo da pemba húmida, caminho da boca da caverna, pouco-pouco, roía no ar quente, ocupava-lhe o espaço e nos tapando a saída com sua figura de morte. Vêem? Calem a boca: nós, os capitães-mores das barrocas de todos os Bungos, d'aquém e além-Maria da Fonte, senhores da caça e do medo do Makokaloji, já tivemos uma sepultura de oito metros de fundo por quadro de diâmetro, estamos marimbando para o vosso pequenino arimo de cadáveres onde ides semear meu irmão Maninho. E tivemos o melhor medo, multiplicado por quatro, e o mar longe a bater nas praias onde que o Kibiaka queria ir pôr suas fimbas e eu não aceitei e o vento traz silencioso, no fim da tarde, e o Kibiaka chora e nós todos calados.

— Como vamos sair, como vamos sair embora... Estamos enterrados, encostados num canto, os ossos brancos luzem no meio das cassuneiras, demos encontro o esqueleto, a caveira se ri de nós, tem ainda os trapos azuis podres em cima do que está sobrar num homem, os trapos brancos da farda em cima do corpo ainda inteiro do que resta de um alferes, e temos medo: não é sardão, não é cobra, não são os sacristas do Bairro Azul da Ingombota, não é raia, não é moreia, não é mão pesada do pai, nem a vara de sô Simeão, quinzar ou maquixes na voz de vovó Ngongo — é um esqueleto que teve um homem vestido, que teve uma zuarte farda vestida, que teve uma vida vestida e a caveira é branca e se ri e a gente nem podemos saber mais se é branco se era negro, não somos antropologistas, somos quatro, nós, os do Makulusu, acagaçados e banzos porque, nesta hora, estamos a nos ver por dentro. E a lama fria tapa a tarde, o Kibiaka pára as lágrimas, se sentou, as flechas estão espetadas, tenho na mão a pemba ensanguentada com flores de mupinheira e palavras quimbândicas rezadas no Paizinho e o Kibiaka, vejam só, coragem é filha do medo mesmo, o Kibiaka que estava chorar com medo de morrer ali dentro, está de pé e diz, capitão cambuta do nosso reino:
— Temos de fazer qualquer coisa!
Pai Paulo: fazer qualquer coisa, esbracejaste de mais, aí estás, vais morrer, já vou te dizer como, já te digo. Maninho: fazer qualquer coisa, disparaste e berraste e aí estás, vais morrer já disse como: serás esquecido. Paizinho, nos corrige então?
— Não é uma qualquer coisa, não! Usem a cabeça!
O queixo treme quando ele fala, os dentes parece são sementes de acácia, secas, batidas no vento, mas vocês sempre não poderão sentir o calor que agora sinto, olhando daqui lá para baixo, no areeiro do Xico Portugal, já não tem a caverna da bruxa, Makokaloji, e estou lá dentro e oiço, com estes ouvidos que a terra vai encher de areia e música a voz do Paizinho:
— Tremo, porra! Mas não é de nhufa, é de frio!

A coragem é isto: meter o pássaro do medo na capanga. Maninho: nós, os do Makulusu, somos estúpidos; como pudemos abandonar cobardemente no nosso chefe, aquele a quem se estendiam peles de mulheres e te deixámos pegar na tua bela arma Mauser e estar assim, bonito e defendido das moscas, bonito e morto, murcha a tua inútil maquinazinha de fazer amor? É lento o nosso trabalho: furar com um arco de barril, um, dois, três, quantos buracos? Não olhar no esqueleto, um, dois, três, quantos ossos? Um, dois, três, quatro, quatro coraçõezinhos acelerados, quantas batidelas? E, para trepar, só mesmo Kibiaka, osga ou sardão que ele é, e segurar na ponta da corda baloiçante mais que quatro metros das nossas cabeças.

– Etu mal'éééé!...

Silenciosos e calados, na fila, nem uma única palavra só, nos caminhos sabidos, voltamos – o embrulho de pemba só para os cagunfas do Bairro Azul e a nossa morte colada nos olhos para sempre, regresso na rua velha inundada de sol e não levo a morte na cara, as lágrimas secaram já, vou fazer a barba nas calmas e tomar banho e só depois de pôr a gravata, ao espelho, e quando me olhar nas fotografias multiplicadas, vou perceber que o Maninho está morto. Ainda não lhe vi, agora que aqui vou, e não quero ver, queria mesmo não lhe ver nunca mais, talvez assim nunca acreditasse que ele nunca mais vai rir connosco e começo a chorar estupidamente, aqui, no maximbombo, lembro-me de repente que nunca vou poder dizer no Tarique do Baleizão: "pá! 125 gramas de manteiga!" para adiantar comer o pão da madrugada com o Paizinho.

Choro ou é ainda aguinha fina que saiu do calor e escorre pelos vidros do maximbombo onde me estou a rever? Como vou saber então se o que está no vidro não sou eu e, se toco na minha cara, sim, é verdade, choro; mas se toco o que está no vidro, sim, é verdade, é a água que escorre do lado de fora e essa não lhe posso apagar? De maneira que paro de chorar e continuo a chorar ali no vidro e isso me dá uma calma extraordinária, sinto na minha voz que fala: dois e meio! e no olhar indiferente do cobrador. Chuva chove em cima da nossa terra de Luanda, fina e leve, chuva do caju, tem já? já não sei! e sorrio e choro no vidro e choroso e ranhoso, dou o braço na mãe e voltamos costas na campa fresca do cemitério e me dá raiva, sabes, mãe, parece vou ficar a não gostar de ti, tu te desfazes em lágrimas três dias já e abanas a cabeça, pareces és o relógio da sala, e o Maninho não aceitou vir no cemitério, disse que tem muito que estudar, as vizinhas fizeram: oh?! vejam só, que sentimentos! e só a mãe, que lhe trouxe nove meses no ventre, e eu que tenho os olhos dele e não o sorriso, sabemos que ele está rebentar de dor, que, de todos nós, vaca-dos-ovos-moles incluída, é o único que ama o pai de verdade.

É o único que está ali, pega toalha, muda toalha, limpa as fezes e muda lençóis, a mãe já está toda partida, parece um lápis mordido por mim, nervoso, no desenho, e eu tenho nojo – e o Maninho nos pôs de lado, deu-nos berrida, e sem uma palavra, limpava na barba crescida do pai e os pedaços de fígado e sangue que golfa, roncando e assobiando o ar nos brônquios entupidos, e só uma palavra, uma só que ele sempre está repetir mais que meia hora, enquanto o pai não morre:

– Pronto! Pronto, paizinho! Não dói, vais ver...

As toalhas estão espalhadas nos cantos onde ele lhes atira e as paredes têm salpicos de sangue quase negros, têm nódoas verdes e carmesins de toda a vida que o pai está desperdiçando, regularmente, com os olhos fechados e só lhes abre na hora de berrar:

– NÃO!

Mas vais morrer, Paulo. Vais morrer, nem o médico nem o padre vão chegar a tempo. Saio com a mãe pelo braço e o sol nos bate na cara é quase noite e a minha raiva cresce, oiço, cada vez que ela chora assim: Paulo, Paulo!, oiço a voz tosca do pai, a insultar:

– Esta parva!... Esta burra!... A tratá-los por senhor, aos negros, no dia da chegada...

Ou:
— Levas com uma cachaporra que te rebento, se me desmintes!

Ou, ou: praquê, praquê, diminuir assim as lágrimas da mãe com estas palavras todas, não querem dizer nada já, nunca existiram como provará a campa qualquer coisa, no talhão idem-idem, do Cemitério do Alto das Cruzes? O amor não é uma coisa, Mais-Velho: é uma teia de aranha – e a gente, aranha ou mosca?

— Pronto, pronto, paizinho... pronto! – o melhor de todos nós, aquele a quem se estendiam toalhas lavadas para adiantar receber a vida do pai e que, recebendo-lhe toda, até ao último suspiro, pode dizer aliviado: não vou ao enterro, tenho muito que estudar! – e, se Deus existe, sorriu.

— Ouves Mimi, ouves?

— Ponham-me essa puta lá para fora... ponham essa negra lá fora... Rua!

Não quero falar o teu nome, Mãe-Negra, porque não ia ter papel para te nomear e se digo Estrudes para a minha mãe é porque a maneira como lhe digo faz não ser dela só, mas milhares de outras que as professoras corrigem nos meninos:

— Gertrudes!

E se eu dissesse: Ngongo, Lemba, se eu dissesse: Kukiambe ou Kibuku, iam aparecer logo-logo a emendar, ralharem no teu menino Mais-Velho: "não há nomes de pretos; o nosso programa é de civilização e progresso!"; e se eu, então, virasse obediente e benducado: Maria, ou Joana, ou Emília, queriam perguntar saber no teu menino Mais-Velho: "Raça?" e escreviam, no papel, a cor de uma cor; e se eu dissesse, como o Maninho escreveu no boletim de inscrição para a matrícula no segundo ciclo do Liceu Nacional de Salvador Correia, na nossa terra de Luanda, a bela palavra: "humana", iam-me queixar na polícia – é comunista!

Não vou dizer o teu nome, direi os teus tranquilos olhos serenos pousados no que já não era a vida e dera a vida à vida

que tinhas trazido no ventre escondido e promessas a Muxima e Sant'Ana, na tua voz tão quieta e nada surpreendida, é o hábito de séculos a morte, e me dizes a mim, teu menino Mais-Velho, sem amargura, sem queixume, para eu ouvir só e ele ouvir ainda, o nome que tantas vezes disseras:
— Senhor sô Paulo, sou eu, a lavadeira...
E o pai morreu e tu ficaste simplesmente nomeada pelo que tens de mais nobre: o trabalho de tuas mãos.
Ouves, Mimi, ouves? O pai morreu e o Maninho não disse: estava bonito; e ela, mamã Ngongo, lhe chamo, por exemplo, Ngongo, é um triste e verdadeiro nome, e uma mulher como ela, sofredora e estóica, não pensou na maquinazinha. Só disse na outra mulher de meu pai, minha mãe:
— Fico para cozinhar e tratar dos meninos!
O amor não é a coisa: é a doação.
E então desatei chorar tudo que o medo do meu pai aos bocados e do Maninho, anjo da guarda, tinha represado no meu coração e já não sei mais se choro eu ou é do vidro da janela que me olha, mas agora é verdade, sou eu: lá fora, o sol doira o vermelho musseque do fim da linha e salto e ninguém pode dar conta que carrego a morte ainda não acreditada do meu irmão Maninho. Vou ter com Paizinho, vou encontrar com ele, contra todas as regras de segurança, contra a ordem que me deu e nós unimos os pulsos e o sangue no fundo do Makokaloji e passámos lá a pemba e as flores de mupinheira e jurámos, não lembro mais a terceira palavra:
— Ukamba, uakamba...
E estou a trair, e é trair-lhe, me falares assim como tu falaste, tu não sabias, compreendo, mas tenho nojo e dó de ti, nunca estudaste física, acústica, não podias saber que dois quilómetros de fio e umas placazinhas de carvão, ebonite e tudo mais o que é, poderiam me denunciar o que tu mesma não sabias, não vais saber nunca, nunca vou te dizer.
— Só serve para deitar nos gatos, para os gatos comerem...
— falava o velho Paulo, teu primo por afinidade, quando lhe

chamavam, quando lhe queriam cambular para ramboiadas, forrobodós, que já não eram para a idade dele. A maquininha de fazer amor, é o que te estou a dizer Mimi, não olhes assim, vem comigo até ao miradouro que já não tem, não vás lá para dentro do cemitério, deixa-lhes dar os tiros, dizer palavras, o padre soluçar o seu latim secular, língua de enterrar mortos só, não se pode amar com ela, que eu vou te contar uma boa de Maninho:

Tinha um velho, todos os dias no sol da tarde, sentado na porta, naquelas casas de funcionários, casas de madeira, lembras? no Makulusu. Ora então esse velho estava muito caquéctico, mas atrevido e comia jindungo às mancheias e, quando alguém ia a Portugal, ele choramingava:

– Vais no Puto? Tragam-me o milongo, tragam-me o milongo...

Mas, enquanto não vinha o remédio, ficava ali, com sua bengalinha obscena, e cada moça que passava ao alcance lhe levantava as saias com ela e se babava como criança de peito. Então o Maninho, que namorava com uma moça do musseque, filha de um fubeiro, perto da Cagalhoça, combinou com o Kibiaka e, um dia, seguraram no velho pelos braços e o Maninho, de canivete em punho, pôs-lhe as partes vergonhosas fora das calças – vergonhosas de verdade! – e começou afiar o canivete numa pedra e o velho chorava: "Não façam isso, não façam isso. Estou à espera do milongo..."

Já não estás no meu lado, já sabia, correste lá pra dentro do cemitério, tu és tão pudibunda! Pois bem, o Maninho dizia, baixinho e calmo: "Olha, avô: só serve para os gatos comerem, até me vais agradecer..." e agora, meu irmão, capitão-mor do amor, nem para os gatos, está já a parir vermes, cheira mal, os vermes começaram a peregrinação pelos túneis dos vasos exangues que lhe virilizavam, à maquininha, e tem um ser humano que te deseja ainda, agora que és o embrulho de uma vida só, e daria muito por um beijo no mais secreto de ti, por se deitar comigo, morto e quente como vais ser sempre na tua negação, no quissende que lhe deste.

Belas jovens, perdereis as mais suaves plumas dos vossos amores?

A pena azul-cinzenta do caxexe fugitivo fica no ar, floco de neve brilhada nos olhos que nunca lhe viram branca, mulatos olhos, castanhos e simples, sem mais nada. Assim: azul e voadora e o caxexe onde está? Em que ramo de que pau, de que mata, de que área operacional, quadrícula, polígono, o caxexe soltou plumas no vento e assustou seu trémulo voo no primeiro tiro da carabina emboscada? Onde as penas do tempo passado, pássaros quentes e soltos no firmamento da vida e o espanto do moço que quer lhe voltar o dinheiro? "Xié, xié, kolombí-kolombí, muhatu ua mundele, ua-ngi--uabela, kiuá, kiuá"[46] – nunca serei a mulher do branco, não sabias.

De costas e olhos secos, chove plumas e pássaros em todo o quarto e tem um risozinho do moço cambuta, Kibiaka, procurador de quinzares e maquixes com seu medo, conhecedor de pássaros:

– Quando chove, os pardais, canto deles é mais metálico, nos fios que pousam, menina!

– E estes?

– Maracachões-mbalakaxongos!

E miúdo Kanguxi imita assobio deles.

– E estes tão tristes?

– Viúvas, viuvinhas, a-mu'xana katembu[47]!

E o Zeca pia o piado triste dos passarinhos.

Não faças essa cara, menina mulata, estás a armar aos catembos, sabes?, tu não queres comprar, gastas só no meu tempo, não posso estar toda a tarde deitado, como tu, nessa cadeira com um livro que estudas, ainda hoje não comi e, se não vou vender os pássaros, não vou comer mesmo, não quero que mamã e Maricota saibam – não foi assim que pensaste, Kibiaka? Não foi assim, Kibiaka, capitão cambuta do reino do Makulusu, diz lá, não foi assim que tudo começou?

---

[46] **Xié, xié, kolombí-kolombí:** onomatopeia para o canto do pássaro; muhatu ua mundele, ua-ngi-uabela, kiuá, kiuá: a mulher do branco agrada-me muito, muito.

[47] **a-mu'xana katembu:** chamam-lhe catembo.

Sei que não podes responder, ardeste com o lança-chamas do sargento, o napalme do avião, ou tens a cabeça espetada nalguma baioneta frente à máquina fotográfica de quem quer levar uma recordação ou comandas os teus simples dez homens ou és um dos simples e aprendes com eles a mata e lhes ensinas tudo o que já aprendeste nos anos da imaginação prodigiosa que te permitiu viver tantos anos sem nada, menos que nada, e sempre com aquilo que os outros perdem primeiro que tudo: a dignidade.

Como é então o nascer do amor? O olho d'água é que explica o rio, mas o amor tem um certo olho de água aonde que se chega, subindo a corrente? Só Kibiaka sabe.

Será que era assim como hoje e choveu pequeno primeiro e o sol peneirado depois e ele ia com Kanguxi e Zeca, seis gaiolas, quatro amarradas dois-dois, em cada mão, e uma em cada monandengue e o seu coração estava grosso muito tempo já e ouviu: Pst! Pst! e era nos Coqueiros?

Tinha dignidade, tinha mais dignidade que todos nós que, para não andarmos de quedes macambiras como ele e comer de vez em quando como ele e porque Maricota dava e ele aceitava porque ela era irmã e ela era mãe e de todos os outros sempre não aceitava, nunca nenhum de nós, os do Makulusu, conseguiu-lhe colar na palma da mão uma nota ou uma moeda, trabalho sim: empregos e empregos que correu e ele arranjava, que Maricota arranjava, que nós lhe arranjávamos e ele era mais digno que todos nós que nos vendíamos, sem saber, ao sustento diário, à vida de estudos que queríamos fazer e mesmo sempre alerta e vigilantes, como é que nós dizíamos? lúcidos! nunca percebemos o suborno que nos faziam e que era um salalé a roer em tudo: um dia a casa cai, ninguém sabe mais como, estamos aí no meio das ruínas e do sangue e dos mortos e o lavar das mãos é de pilatos...

– Morrer com a casa, lavar a desonra nas chamas e nas ruínas! – gritava Maninho.

– Saltar a tempo, logo que se veja, logo que se descubra que nos querem trair, enganar, há sempre tempo de lavar as fuças, ter a cara limpa, xíbia! – eu, irritado.

E o Kibiaka ria. Não percebia essas nossas discussões assim, e o Paizinho, se estava bem-disposto, abria todo o sorriso dele e dizia o que nós gastávamos toda a cifra para não conseguir fazer perceber um ao outro:

– Com a nossa morte, podemos dar vida aos mortos que matamos, Kibiaka?

E o Kibiaka não ria porque ainda não percebia assim, desse modo. E o Paizinho calava, mais tarde ia-lhe dizer, frente a frente com dois copos, sozinhos, o que o desemprego crónico dele e a mania de nunca deixar que lhe pisassem os calos, nascia as discussões sobre o que era a dignidade. E então Kibiaka ia rir e ia dizer no Paizinho:

– Sempre complicado, o Mais-Velho!

Contínuo, gasolineiro, guarda-de-obras, sapateiro, criado de café – o mais humilhante, o mais difícil de aguentar – e todos quantos trabalhos e serviços, empregos nunca, era simples: uma bassula, porrada no mais pequeno insulto, na mais pequena picada de marimbondo na sua dignidade. E nessa simplicidade rias nos ouvindo gritar, uns com os outros, e depois saías embora, que o pão de cada dia com o suor do rosto é difícil mas alegre, às vezes.

Por exemplo, aí está ele, casaco encarnado e chapéu de papelão preto e serpentinas em todo o lado e grita e ri seu riso de monandengue e as mãos de todas as crianças se estendem na sua direcção, risos, soltos gritos e assobios e ele é uma moeda suada e brilhante e o açúcar se enrola no pauzinho, rosado e leve, algodãozinho-de-açúcar que vende e Maria me olha, banzada e dolorida, me olha com aquela ruga no meio da testa que desfeia e suja o nome liso como assim a pele e branca, no aceno dele, no riso dele, meu conhecimento:

– Mais-Velho!? Porreiro ou quê!?

E o meu riso aberto se fecha com um silêncio de dor nos olhos de Maria, agora sei que nada deste mundo me vai dar outra vez a alegria que nasceu, na hora de entrar na Feira das Vicentinas, era tarde de sol e pensar logo que ia receber no Kibiaka um algodãozinho-de-açúcar rosado para dar no primeiro miúdo que me olhasse, guloso, de dedo na boca, e Maria ia rir comigo, ia ficar feliz e não: me devorou com seus olhos cor de mel, severos que eram e eu lembrei a minha irmã, logo-logo.

E os teus, claros e castanhos, tão simplezinhos, minha mulata cunhada, tão serenos diante dele, ele que é o riso e o siso da dignidade não sabe mais o que vai fazer, Zeca e Kanguxi estão banzados e pensam que esses olhos, assim tão quietos, são duma xalada e têm medo. Toda semana de trabalho, todos os caminhos corridos, cassuneiras, resíduos de água, cacimbas longe, visgo de mulembeira, alçapão de painço, musseques e musseques, Zeca vamos! Nguxi, ndokuetu![48] mais de cem paus a gente vamos vender, e depois eles sabem, os monas sabem – quem que é o miúdo que não sabe o miúdo que tem no dentro de Kibiaka, quem? –, a divisão vai ser exactamente por três.

E a menina saiu na sua pequena varanda e disse:

– Entrem!

E o coração de Kibiaka deixou de bater um pouco e olhou Zeca e Nguxi, todos sérios. Kibiaka sabe, Kibiaka é que ia dizer como é que se vê logo, nos olhos das pessoas, que elas nunca vão nos pisa nos calos e como nosso fraco coração berridado se cacimba todo de gotinhas de puro sangue na prenda que esses olhos raros merecem. A primeira gaiola, e ele disse à toa, como não ia dizer, se a menina falava serena: é o senhor que lhes apanha? E morrem alguns?:

– Ofereço para a menina, o casal de viuvinhas, se compra esta gaiola!

Como riu, Nzamb'iami[49] como riu e até Zeca riu também e ela gostou o riso do Zeca, Paizinho, gostou o meu riso e eu adiantei dizer:

---

[48] **Nguxi, ndokuetu!**: Agostinho, vamos embora!
[49] **Nzamb'iami**: Meu Deus!

– Cinquenta paus, tudo, com gaiolas e alçapões!

E ela foi dentro na casa, Paizinho, pensei ia chamar o pai ou a mãe para nos dar berrida e segurei logo-logo nas gaiolas e avisei Nguxi e Zeca e ela voltou, me deu a nota, ria:
– É todo o meu dinheiro que juntei. Vocês arrombam-me! Parece era nos conhecíamos de miúdos, Paizinho, ainda. E recebeu as gaiolas e virou as portas delas para a rua e então eu pensei que ela ia querer saber os nomes e comecei a falar, apontei: bengalinhas, maracachões – que no quimbundo é mbalakaxongo – gungos ou gunguastros – cuidado o bico deles! – esse é o plim-plau, se quer ele satisfeito arranja só figos de mulemba, esse do rabo assim é o de-junco, rabo-de-junco, mukende-kende, verdade o canto dele é um pouco rouco mas tem estes, ouve ainda: "Xié, xié, kolombí-kolombí muhatu ua mundele..." aí calei, Paizinho, a parte do rabo sujo da branca calei, pópilas! se ela ia saber quimbundo?... estes são os melhores, caxexes, celestes, é o nome, menina veja só o azul deles, porreiro azul, mentira? e este sacrista, a menina me desculpa só! este sacrista é o matias, matias-chouriço que quando canta pede pão de cincostões, e o bigode, o bico de lacre... Mas não ria, Paizinho, vê só! Então disse:
– O nome não interessa. Interessa é o cantar deles, nas árvores!

E eu respondi à toa, não olhei olhos dela, se não nessa hora ia ficar calado:
– Na gaiola a gente ouve sempre!

E só mirei quando ela adiantou perguntar:
– E os pardais não agarram?

E o Zeca riu, Nguxi riu e eu ri: vejam só, pardal, uns sacristas daqueles que não gostam a gaiola e ela não sabia?
– Auá, menina! Pardal na gaiola não canta, morre!

E só então lhe vi rir nos olhos:
– Esse mesmo é que é o meu passarinho!

Paizinho, vê só: abriu nas gaiolas todas, todas, todos começaram fugir e ela batia as mãos e ria, satisfeita, satisfeita e eu, e Zeca e o Nguxi ficamos banzados, cara de burros mesmo, nessa

hora, e então acendi minha raiva e voltei-lhe a nota de cinquenta escudos.
— Como é seu nome? — só ela devolveu na minha mão estendida.
Falei e falei dos outros também. E depois disse todos os pássaros que íamos apanhar ela comprava para soltar, podíamos vir sempre, só que tínhamos de fazer abatimento e eu, burro, aí falei, Paizinho, disse:
— Auá! A menina não adianta. Sempre agarramos mais!
E ela me voltou, cara séria, parecia ia chorar:
— Se eu não soltar estes, então cada dia tem mais pássaros na prisão da gaiola!

Paizinho: dei todo o dinheiro nos monandengues, não podia receber, duas semanas já que eu não faço nada, comida pouco como tu sabes e não posso mais caçar nos pássaros, queria voltar lá, naquela casa dos Coqueiros, ver só outra vez naquela menina e o Zeca e o Kanguxi andam me fazer pouco, falam eu vou ficar xalado como ela...

E eu digo para o Paizinho que se ri do problema do Kibiaka:
— Idealismo de menina burguesinha!

Paizinho encolhe os ombros, o Coco fala qualquer coisa sobre pássaros, exterminações da fauna, mas ninguém pensa na menina dos Coqueiros. E só um percebe o que na areia do rio esconde: ouro. Só um. Maninho está de pé, pálido e sério, pálido e feroz da nossa brincadeira e encolher de ombros e pergunta zangado no Paizinho:
— Onde mora essa, a dos pássaros?

E então percebo, Maninho, que estarás morto no som da carabina que vai fugar o caxexe da mata, que a andorinha piápia não vai apanhar a pena do caxexe no ar e ela te caiu na mão, leve, com todo o peso da vida: o amor.

E mais tarde, não sabemos ainda, vais levantar essa menina pela mão e dizer: vamos comer um baleizão?, e ela vai te fazer doação, para toda a vida e entre vivos valedoura, do seu amor aos pássaros que não cantam na gaiola.

O amor nasce como então? No olho d'água é que está o rio, numa pluma de caxexe no ar que um andorinho voo falha e ela na mão aberta, pesada de vida, é assim? Não matar pássaros na infância, mirar de olhos fechados quase não adiantarem nos chamar mariquinhas, não sabendo ainda, no sangue que dói no disparo da fisga, que anos mais tarde a pluma do caxexe morto ou solto livre no ar, nos vai cair na mão, é isso?

Não sei se as mulheres que amam sabem que é assim – minha mulata cunhada quase, canta sua cantiguinha no céu cheio de plumas livres e eu vejo o rio da vida passar por mim e já sei que Maninho morreu, a Mimi já mo disse, mas meu coração ainda não está tremer por isso. O meu coração treme é pela vida, o homem respondeu no telefone:
– Há dois dias que não vem trabalhar!

A certeza, Mais-Velho, não nasce feita: tem-se fazendo-lhe, enquanto se faz, apenas, me ensinaste, Paizinho. Mas agora tenho a certeza, porque isso sai no que está debaixo dos meus cabelos negros espetados e dos teus louros ensanguentados, sai nos olhos e o coração adivinha: não mais te verei mais, meu irmão, não te vou ver nunca mais. São duas mortes no mesmo dia, é muito, e só uma que me dói, essa tua morte viva, esse viver de morte que te agarrou e eu tremo, tremo e me encosto na parede do lado de fora da loja onde que telefonei para o emprego do Paizinho: com o medo agarrado ao cu das calças, ia dizer Maninho, só que o Maninho já está morto.

– É exactamente porque o Maninho tem razão que temos de fazer o que fazemos!

Eu sei, Paizinho, mas hoje venho te procurar, e estou a transgredir todas as ordens e regras de segurança, mas porra! somos irmãos e o nosso irmão Maninho, aquele a quem se estendiam tapetes de morte, é uma farda branca e limpa dentro do seu caixão. Eu sei, Paizinho, é isso mesmo: temos de negar a razão do Maninho, a guerra do Maninho, a solução do Maninho, porque ele tem razão. E temos de lhe roubar a razão – matar e morrer, ir ou recusar são as quatro estações – e, como assim a formiga, o malembe trabalho da formiga, o teimoso reconstruir do gumbatete, o perpétuo roer do salalé, temos de ir construindo, em cima disto tudo, o que vai negar isto tudo. O que nos vai negar, Paizinho.

Eu sei, mas para ter a certeza, que não posso nunca ter, não é uma coisa feita por medida, como um fato, não tem uma certeza na medida de cada qual mesmo que cada qual vista a sua certezinha consigo e sem ela não se pode viver, preciso de te ouvir dizer o que eu sei bem, mas que, dito por ti, por outro alheio, é mais certo: o teu relativo vira absoluto meu – solidariedade, é assim?

– e vai também me tranquilizar, nascer a certeza que depois vou destruir e destruindo-lhe para lhe reconstruir e ir assim, contigo que não és só tu mas nós, os do Makulusu, fabricando, não a certeza, mas certezas que vão nos ajudar a ser nem cobardes nem heróis: homens só. Dos cobardes não reza a história, mas o pior, Maninho, quantos mais heróis tem um povo, mais infeliz é.

Preciso acabar com os heróis?

Quero ver o teu largo sorriso castanho, os óculos rindo sempre o teu bondoso rir, esse modo diferente que tens, não é de ver as coisas, vês-lhes como eu, como nós, como outros, mas de lhes dizeres, és uma chuva de caju que serena a sede da terra e dá-lhe paciência de esperar nas grandes verdadeiras chuvas.

Vão-nos levar embora as chuvas grandes? Mas não é esse o destino das formigas que cartaram as comidas no formigueiro e deram-lhe a paz dos tempos que tem tudo? Do gumbatete que, esmagado, deixou seus filhos no ninho de barro, mil vezes reconstruído?

Temos de fazer o que fazemos mesmo que Maninho está-se a rir – e já não está, só está morto – e nos xingue que são jogos de sociedade, não tem mais outro caminho: lutar a guerra para lhe gastar com depressa, como falas tu, meu capitão-mor do reino no Cemitério do Alto das Cruzes; lutar para que a tua razão não seja razão e que tu vivas e Kibiaka viva e todos os mortos possam viver e os vivos morrer sem precisar de ser heróis. E de repente, me

lembro agora na terceira palavra: kikunda, traição, é isso, e digo:
— Ukamba uakamba kikunda!⁵⁰ — saímos no fundo da morte do Makokaloji.

E isso já não serve para nada: Paizinho está ali, preso, ali a cento e poucos metros de mim, de onde lhe vejo, um grupo de gente que tem medo de aproximar-se e todas as folhas de milho do seu colchão despejado na rua xaxualham no vento, redemoinham e o meu coração está mudo, não penso nada, me esqueci já que o Maninho morreu, que venho para contar no Paizinho, e o Paizinho está ali, cento e tão poucos metros na minha frente, encostado na parede, é mentira, o Paizinho de verdade vou lhe encontrar dentro de minutos na casa de Maricota e da mãe, vou-lhe contar tudo o que o Maninho foi dizendo nas cartas para a Rute que está no escritório a bater erros de dactilografia porque está olhar no mar e sente-lhe já amornar no corpo moreno com o braço do Maninho à volta da sua cintura, para no fim ele dizer-me o que eu sei já mas quero ouvir na boca dele:
— É porque ele tem razão que nós temos que fazer o que fazemos!

O patrão tinha-lhe chamado de lado, no armazém, e lhe piscou o olho, perguntou saber:
— Aquela gaja, lá fora, é da tua família?...

E Kibiaka começou engolir em seco, sabia vinha aí a pisadela nos calos, o marimbondo, estava-se preparar. Não foi assim que me contaste?
— É tua irmã, então?! Quanto é que queres para ela ir lá para minha criada?

O preço é sangue, Maninho. E tu mesmo xingaste Mimi: não me deito com prostitutas! O preço é sangue, Kibiaka. E tu nem uma palavra disseste: esmigalhaste-lhe o focinho de porco barbeado, nunca deixaste que te pisassem, meu capitão-cambuta do reino da dignidade. Bateste pouco, quando vias sangue paravas,

---

⁵⁰ **Ukamba uakamba kikunda!**: A amizade não tem (admite) traição.

tinhas um coração de monandengue – e agora a tua cabeça espetada numa baioneta, não está ser prova de alguma coisa, num relatório oficial? Ou a tua imaginação não é quem faz desfolhar de frente para trás e de trás para a frente, os manuais de táctica militar ou lá o que é?
– Fizeste mal, negro filho da puta!...
Esses insultos não te tocavam: tinhas mais dignidade que todos nós, já disse.
– Vou-te só dizer uma coisa: terrorista é o que és e a Pide[51] te dirá o que é bater num branco...
Chove fino, é Natal de Nossenhor Jesus Cristo. Maninho, a mãe, Rute, estão lá dentro, cotovelos na mesa, é Natal. Dentro de sete dias vamos dançar no baile da Messe e eu levanto-me da mesa, vou no meu quarto, torno a sair, calmo, não respondo à pergunta: "quem é?", da mãe, a única que está vigiar nos meus movimentos, alegria nos outros não deixa. E Kibiaka, de repente, o seu cambuta coração de criança chora de raiva no escuro da varanda.
– Mais-Velho, porra! Um gajo também se cansa de não ser homem!
Noite de Natal. Ponho no sapatinho o único brinquedo que merece um homem digno como o meu amigo Kibiaka: *Parabellum*, de 9 milímetros. Se pôs a caminho para a mata direcção nas Mabubas e nem tinha uma estrela no oriente para lhe guiar, como eu e o Paizinho. Torcera, com suas mãos, o pescoço na ameaça do patrão. Digno ainda em sua morte: nem faca, nem arma de tiro – as mãos que são as culpadas de ter homens com ideias e dignidade. Lhe deu ainda, no castigo, uma honra, Kibiaka.
Então sinto que estão me olhar. Não são os da carrinha, os que guardam no Paizinho, ali encostado na parede e lhe fazem agora entrar na casa. Mas os outros todos. Quietos e calados, olham. E eu fixo os olhos deles e eles baixam os seus. E quero

---

[51] **PIDE:** Polícia Internacional e de Defesa do Estado; polícia política portuguesa, conhecida pela violência utilizada na repressão aos nacionalistas angolanos e a todos os opositores ao regime ditatorial português.

encontrar alguém que segure nos meus, vadios, que lhes agarre, que diga a resposta que o Paizinho já não pode dizer – nada. Nem amizade, nem ódio, nem tristeza, nem alegria, ali. Olham e não me odeiam, não mostram qualquer sentimento, ou eu é que não posso ver, estão muito fundos? É isso, escondidos muitos anos já, muitos, muitos anos, séculos, e não me odiavam, sabia: para odiarem-me teriam de ser meus iguais e não se sentiam assim e eu me sentia um igual, mas não éramos assim. Estava ali, na cara deles, atrás deles, no meio deles e queria estar nu para verem e ouvirem, sentirem o que era, o que eu pensava e sofria, que aquele homem do colchão desfeito era mais que meu irmão, no sangue e no cérebro, nas mãos, naquilo que define um homem e mora debaixo da calote óssea e está nas mãos que são o cérebro. E não conseguia. Estava fechado, diante deles; como eles, como eles diante de mim: duas pedras. E tão nu, tão nu que, vestido de calça e camisa e chapéu estava ali nu e assim ia estar sempre, enquanto um milímetro quadrado na minha pele estivesse à vista e eu estava nu na frente deles, no desfeito da minha cara tremente por causa a prisão do Paizinho. Não sabiam ler em mim, mas sabiam. Sabiam, ainda que todo o meu corpo, a minha pele estivesse tapada no vestuário, coberto na mortalha, sabiam: o meu modo de andar, de pôr os pés, tamanho deles e forma e modo de assentar o tacão, de quem está habituado a andar sem medo que, de repente, façam-lhe saltar no coração: cartão? imposto? onde vais a esta hora? onde trabalhas? rusgado, batido, deportado, humilhado, assassinado. Isso só, chegava para estar sempre nu diante dos seus olhos. Ou morto mesmo e tapado e enterrado, meu corpo vai ter outros odores adivinhados, saberiam, por tudo quanto comi, décadas e décadas, coisas que delas o nome só cadavez sabiam, bastava sair esse cheiro, saberiam. Cadáver, eu vou cheirar ainda a quem comeu muito, bem, pelo menos quem comeu melhor que eles.

 Estou sempre nu, agora mais nu ainda e mais tapado ainda: Maricota está no meu lado e, não falando, me segurou no braço, mas olhos dela são os mesmos, parados, escondem no fundo de-

les os sentimentos que queria dar encontro. Ou sou eu ainda que complico as coisas?
Kibiaka: "Este Mais-Velho é muito complicado!" – dei-lhe a *Parabellum*. Mudou sua opinião?

Se ele estivesse ali comigo, com seu largo e infantil sorriso de monandengue crescido, talvez tivesse um sorriso, um sinal de sim, um esgar humano, gesto de revolta, um silêncio quente de solidariedade a circular nas nossas mãos desarmadas. E só quando mudo de lugar, me aproximo, por outro lado, com Maricota atrás e paro frente da porta da venda e o comerciante olha-me segurando no braço da irmã de Kibiaka que já sabe que o meu irmão morreu e eu ainda não lhe disse, mas ela sabe muitos anos já quando chorou e lhe ajudou, era a primeira madrugada, a abotoar no camuflado, sinto-me leve e feliz, reconhecido. O comerciante branco olha para mim com um ódio tão fundo que ele mesmo se assusta e baixa os olhos. E eu sei, sinto, doeu-me parece era de verdade, que se fosse de noite ia buscar a espingarda, ia-me dar um tiro, certeza, certezinha, nas costas e no dia seguinte ia chamar a polícia para me encontrarem com os panfletos no bolso e morto por engano e, afinal, com toda a razão. Sei. Olho e sorrio-lhe, feliz e agradecido: odeia-me e isso comunica comigo, para mim é humano e aceito o seu ódio, abraço Maricota e desato a falar o pouco quimbundo da infância, de propósito para lhe soprar no ódio que me tem.

Amar os homens é sempre uma alegria dolorosa.

Abraço Maricota e é noite de Natal, mais de uma hora já que Kibiaka partiu porque um gajo também se cansa de não ser homem, mas mais meia hora é meia-noite de 31 de Dezembro e vamos entrar no ano iii das guerras. Maninho está ali no meu lado, Paizinho nos espera no baile do Ngola Ritmo[52], e Kibiaka segue na mata o seu caminho de dignidade.

---

[52] **Ngola Ritmo:** N'gola Ritmos; conjunto musical famoso que surgiu em 1947, cuja atuação na luta de libertação de Angola foi notável.

E o Manuel Vieira, que está com aquele capitão que vai trazer a morte do meu irmão, é quem é o herói do grupo. O capitão velho me fascina e o que o sacrista do adido cultural vai fazer comigo daqui a pouco, vou eu fazer contigo, meu capitão, vou fazer isso porque quero me divertir e não posso, vocês não têm senso de humor. Tens uma cara séria, de cavalo velho, e todo o estilo de mensageiro da morte do Maninho, não sei ainda, anjo senil que esvoaçará por todos os meus ouvidos: "... sorria, o seu irmão, sabe?..." e eu a pensar que tu tinhas chorado porque nem foi em combate, Maninho. Por isso lhe vejo, o arcanjo da morte, e como vai ser solene, como está a ser na hora que o préstito vai sair ao sol, eu deixo-lhe para ti, Maninho, já que me olhas com teus olhos tristes e amigos, mortos. Estás a ver-lhe junto com tantos oficiais, dos outros? Ali, tarimbeiro és, ainda com esses três riscos nos ombros e a longa fila de fitinhas que quase não tens peito para elas – da Guerra franquista de Espanha, não é verdade? Desconfio... – estás aí a rir e dobrar-te um pouco, com o uísque na mão, e estás em sentido, estás sempre em sentido, estarás sempre assim, essa tua alma militar está de mãos ao lado das calças, dedos bem unidos, peito p'ra fora-barriga p'ra dentro, olhar em frente, nem que lhe passe um alho pelos lábios!
– dirás outra palavra, no meio da parada aos recrutas banzados, meu sargento, porque foste vinte e tal anos sargento, os melhores anos da tua vida foram passados a ouvir e cumprir ordens e berrar insultos a rapazes em sentido, se não foi pior: somar folhas de pré, e isso deixa marca. Estás jovial e alegre e te mexes todo, conversando com teus iguais, mas a tua alma está em sentido, "quieto com as orelhas, pazinho! Cheira a palha ou estás com a mosca?" – és de cavalaria. Sabes?: uma vez escravo, toda a vida escravo. Mete-se no sangue. E só um cu d'agulha pode fazer sair o sangue e a escravidão.
    Mas o Vieirinha é que é o herói do grupo e só oiço frases soltas, nem posso ligar toda a história, mas deve ser boa, das boas, o capitão da alma em sentido fascina-me, o Vieirinha é o herói. Não

posso nunca desembrulhar aquela cara gorducha dos chocolates da infância, ele comia, não dava – mamã funcionária de alfândega, não é, das verificações? – que não apareça o mataco da minha irmã, sua namorada dele. Parece o Maninho até, quando ele voltar de dançar vou-lhe perguntar, mais tarde, inventou que, para fazer o retrato dos dois agarradinhos na cama, é só fazer um oito: a bolinha de cima é a cara do mariquinhas, a bolinha de baixo, que tem de ser maior num oito bem feitinho como quer a menina Victória, sô pessora, é o cu da minha irmã. E como eu começo a rir, ele, que está virado para mim, ri também e é o herói, já tem fitinhas por cima do bolso do coração, e levanta a voz, narra:
– Então oiço: pst, psst, muito baixo. Viro-me: não era o sacana do tal velho sècúlo, a chamar-me...?!
A barba é branca, camuezo de algodão, e a cabeça também, descoberta, sem quijinga. À volta, a mata silenciosa, depois das rajadas, dos tiros. E lá longe, lá em baixo a honga, os jindombe, mibangas verdes, a sanzala onde que as mulheres estão, caladas com os olhos cheios de morte, morte nos ouvidos, nos ventres. Um soldado roubou ao velho a sua quijinga, recordação, e o velho soba está assim no sol, deitado de costas em cima do tabuleiro da ponte e tem sangue por todo o lado, corpos ainda torcidos e se mexendo uns por cima dos outros, gemidos, aiuês, antes do tchopum! tchopum! da queda dentro das águas do rio que leva sangue no mar. E o Vieirinha, herói do rio, conta:
– E o sacana do velho não me chama: "meu alfere, meu alfere!" para me dizer, a sorrir: "Ainda não morri, branco! Me dás mais um tiro!"
Me arrepio todo, faltam vinte minutos para o ano III da guerra e a coragem é isto: na morte, o salto para o saco da vida.
E é isso que oiço junto com o esqueleto no fundo da caverna do feitiço, Makokaloji:
– Usem a cabeça!
E só agora, que chego no fim, nesse momento percebo, exactamente, com toda a limpeza, o que o Paizinho quer dizer,

nesta hora que lhe perco. A verdade tem que ser sempre dolorosa? Paizinho não tinha a cabeça como nós, não era como nós, e só na hora de lhe perder compreendo e isso é uma alegria tranquila por cima da morte do Maninho e não lhe posso dizer, uma tristeza dolorosa porque sei que ele vai se sacrificar por mim, como não mereço. Sai um arrepio: os dois melhores me estendem suas vidas para eu passar. Capitães-mores da camaradagem, estão ouvir? Porque Paizinho sempre não trairá. Ele não é feito como nós, mesmo do mesmo barro de pemba e sangue nos pulsos cortados no juramento e flores brancas de mupinheira de pica-flores, a cabeça dele não é como a nossa, uma parte e todo o todo no mesmo tempo, corpo e cabeça nela só. Nele, não: era uma peça de alta precisão, um instrumento afinadíssimo que ele cuidava diariamente com pensamento e acção. Usava-lhe em cima dos ombros para pensar, controlar, comandar – estudar; fazer propaganda; organizar – em toda a sua vida do corpo e do espírito, como usava o relógio para medir o tempo.

O corpo estava sem ruga, amarrotadela, ferimento e caminhava sereno e direito, ginasticado de ioga como ele era, e só a cabeça era um morro de sangue: o inimigo sabia, conhecia também os seus inimigos. Uma pasta de sangue, lábios e nariz esborrachados com o cassetete de borracha, na hora que tudo dentro de casa era destruído e revistado, inchados e misturados no ranho e nas lágrimas obrigadas a sair nas bolsas lacrimais. Percebi então o que ele nos dizia, parecia quase era um insulto, muitas vezes:

– Usem a cabeça!

E soube de certa certeza que ele nunca nos ia trair, que aquela cabeça nunca atraiçoava o corpo e os corpos que moravam dentro daquela cabeça e que aquele corpo, mesmo que lhe matassem, não podia nada contra a cabeça que lhe aguentava: não tinha ligação. Paizinho tinha construído um só sentido na sua vida e como assim, podiam matar-lhe a cabeça que matavam-lhe o corpo, mas o contrário nunca.

Nos olhou a todos, me viu parecia nunca me tinha visto e eu tive vergonha por não ter, por não ter ido primeiro fazer a barba e pôr casaco e gravata preta, para ele saber que Maninho, o melhor de nós, tinha morrido.
O carro dos pides arranca. Fico ali, no lado de Maricota, e o funeral de meu irmão cassula marcado para mais tarde.
Nós, os do Makulusu?

Tarrafal
16 a 23 de Abril de 1967

Glossário

aiuê!: interjeição de dor e lamento.
ajindungado: apimentado (de jindungo ou gindungo), pimenta muito forte.
ambaquista: referente àqueles da região de Ambaca (ou Mbaka).
amulambadas: curvadas.
anhara: planície com vegetação rasteira; espécie de savana.
antera-cai: brincadeira infantil com flores de acácia.
arimo: chácara, pequena propriedade agrícola.
arrosar: regar.
auá!: interjeição; exclamação de dor ou arroubo.
azeite-palma: o mesmo que óleo de palma, extraído da palmeira e muito característico da culinária angolana. Assemelha-se ao azeite de dendê.
bailundo: referente ao povo bailundo, pertencente ao grupo etnolinguístico Mbundo ou Ovibundo e à região do planalto de Benguela.
baleizão: sorvete do Bar Baleizão; único, por décadas em Luanda.
banzo: melancolia; abatimento; espanto.
bassula: rasteira.
bengalinha: tipo de pássaro de plumagem amarela, verde e preta, presente em zonas florestais europeias e asiáticas; conhecido também como bengali, lugre, pintassilgo-verde.
berrida (dar berrida): com berro; fazer fugir; correr.
bissapa: moita; arbusto.
borno: soco.
bouinaife: faca de mato (do inglês *bowie knife*).
brugau: seixo; burgau; cascalho.

bungular: saracotear (do quimbundo ku bungula: "saracotear típico dos feiticeiros").

cabinda: referente ao povo e à região de Cabinda, província geograficamente mais a norte das 18 províncias da República de Angola, sendo um exclave limitado ao norte pela República do Congo, a leste e ao sul pela República Democrática do Congo e a oeste pelo Oceano Atlântico. Região muito disputada por sua riqueza em petróleo.
cabíri: vira-lata.
cacimbo: neblina.
cafife: flato silencioso.
cafofo: cego.
cagunfas: medroso.
calema: ondulação marítima.
cambuta: pequeno, de baixa estatura.
camuezo: barba crescida.
cangundo: branco ordinário, sem educação.
capanga: golpe com o qual se prende o pescoço do adversário embaixo do braço.
capanguear: pôr na capanga.
cassafo: desgrenhado; eriçado; que aparenta sujeira.
cassumbular: tirar rapidamente o que outro leva; arrebatar; enganar.
cassuneira: tipo de arbusto que produz uma espécie de látex.
catana: facão, de uso muito comum em Angola.
catembo/katembu: tipo de pássaro; negro, de cauda comprida, também conhecido como viuvinha.
catete: referente àqueles de Catete, cidade natal de Agostinho Neto.
catoto: pancada com as falanges unidas de três dedos da mão.
catrapila: caterpílar; espécie de trator que se move sobre lagartas em terrenos acidentados.
caxexe: tipo de pássaro azul e cinza, com voo marcadamente furtivo; no Português de Angola, a expressão "de caxexe" denota algo feito furtivamente, em segredo.

cazumbi: espírito.
chitaca: pequena propriedade agrícola.
chungueiro: que gosta do convívio com gente ordinária, farrista; boêmio (pejorativo).
cola-maquezo: mistura de cola (noz) com gengibre que se mastigava pela manhã; parte da alimentação dos angolanos mais pobres.
cubata: choupana; barraco.
cunhazita (de cunha): expressão para intervenção nem sempre lícita para conseguir algo; semelhante ao "pistolão" no Brasil.
empacaceiro: ssoldado que avançava pelo interior do país durante a primeira fase da colonização.
estaminé: local para trabalho.

fidacaixa!: filho da mãe!
fimba: mergulho.
fuba: farinha de mandioca, milho, batata-doce ou *massambala* (espécie de milho), utilizada no preparo do *funje*.
fubeiro: comerciante que vende *fuba*.
funje: massa de *fuba* cozida; espécie de pirão que acompanha várias iguarias; prato tradicional da culinária angolana.

galo: tipo de peixe utilizado no preparo do *mufete*, prato tradicional da culinária angolana.
gapse: golpe de luta; braço à volta do pescoço.
gins-fistes: o mesmo que gim-tônica.
gosmeiro: guloso.
gumbatete: abelha construtora.
gungo: tipo de pássaro canário; no Português de Angola, também denota pessoa socialmente importante ou de personalidade forte.
gunguastro: tipo de pássaro que canta; espécie de pardal mais selvagem.

hanga: galinha d'Angola.
honga: baixada agrícola para hortas.

jindombe: canteiro; horta.
jindungo: pimenta muito forte.
jinguba: amendoim.

kikunda: traição.

lâmpia: nas rifas, a que é "branca", sem número.
libambo: corrente; grupo de escravos, em fila, presos à mesma corrente.

mabeco: cão selvagem, semelhante à hiena.
mabubas: cachoeiras.
macambira: sapato de lona e borracha.
macuta: dinheiro; antiga moeda de Angola.
mafumeira: árvore africana de grande porte; também aparece como *mufumeira*.
malembe: devagar; lentamente.
mangonheiro: lento; preguiçoso.
maquixe: monstro do imaginário angolano.
maracachão: tipo de pássaro que canta, pequeno e de cores vivas, muito comum em Angola.
matabicho: primeira refeição do dia; também pode ser utilizada com o sentido de gorjeta.
matacanha: bicho-de-pé.
mataco: bunda; nádegas.
mateba: fibra vegetal utilizada na fabricação de vassouras; cestos etc.
matete: papa de mandioca.
matuba: testículo.
matumbo: caipira; pessoa rude, rústica (pejorativo).
maximbombo: ônibus.

menguenar: saracotear; ondular.
menito: bonito.
mezua: armadilha de pesca.
mibanga: canteiro.
micondo: doce.
milongo: medicamento.
mona: criança, jovem. Também aparece nas formas *monandengue* e *monandengo*.
môve: do francês *mauve*, malva (cor).
muadiaquime: velho, ancião.
muamba: ensopado de galinha, peixe ou carne bovina com azeite de palma, acompanhado de *funje*.
mufete: prato tradicional da culinária angolana, considerado típico da ilha de Luanda, composto por peixe grelhado, feijão cozido com azeite de palma e acompanhamentos como mandioca, batata-doce, banana-pão, farinha *musseque* e molho de cebola.
mulembeira: árvore de grande porte, também conhecida como "figueira africana", típica da paisagem de Luanda.
mupinheira: tipo de árvore, cujas flores brancas possuem uma espécie de líquido açucarado.
muquila: cauda.
mussalo: cesto de palha, para peneirar, em forma de garrafão.
musseque: bairro urbano ou suburbano, com ruas de areia (de onde provém o topônimo), habitado por segmentos pobres da população de Luanda; espaço importante nas lutas anticoloniais.
muxixeiro: árvore de grande porte, cujas folhas têm propriedades medicinais.

narro: negro (pejorativo).
nhufa: medo.

pemba: calcário branco; espécie de gesso.

plimplau: tipo de pássaro acinzentado, de cauda longa.
pópilas: expressão com sentido semelhante a "Ora, bolas!".
pumbeiro: intermediário comercial ambulante.

quedes: sapato em lona e borracha, de fabricação local.
quibala: referente à região da Kibala, no Kwanza Sul.
quicuerra: prato feito de farinha de mandioca, açúcar e amendoim.
quijinga: espécie de chapéu utilizado pelo soba como símbolo de autoridade.
quilapanga: antiga dança, provavelmente de origem santomense.
quimbanda: curandeiro; espécie de feiticeiro e adivinho.
quimbiâmbia: borboleta.
quimbunda: relativo a quimbundo (aparece também como kimbunda; kimbundu), grupo étnico da região de Luanda, cuja língua tem o mesmo nome.
quinjongo: gafanhoto grande.
quinzar: espécie de monstro do imaginário angolano, meio onça meio homem.
quissanje: instrumento musical.
quissende: recusa; negativa.
quitata: prostituta.
quiteta: espécie de pequeno marisco.

ramboiada: farra.
rande: moeda da África do Sul.
rebuçados: balas; doces.
reviengar: desviar; passar pelos obstáculos com movimentos rápidos do corpo.
rosqueira: de má qualidade; ordinária.

salalé: formiga branca.
sanabicha: filho da puta (do inglês *son of a bitch*).
sânjicas quijilas: espécie de tabu; proibição religiosa de comer galinha.

sanga: moringa.
sanzala: aldeia; povoado.
Sècúlo: mais-velho; ancião merecedor de respeito.
sipaio: policial africano encarregado de vigiar e reprimir a população africana.
soba: autoridade tradicional.
sungaribengo: mulato (pejorativo).
trafulhice: espécie de confusão que transgride a legalidade.
uafo: morte ("Fez uafo": morreu).
uatobar: fazer pouco; ridicularizar.
uoma: medo.
vaturéte: tipo de transporte motorizado.
viem: onomatopeia para o silvo de bala, pedra etc.

xacatar: arrastar os pés.
xalado: doido.
xangola: nossa Angola (forma criada pelo autor a partir da expressão em quimbundo "*ishi ia Ngola*", o país de Angola).
xaxatar: apalpar.
xaxualhar: ruído do vento nos ramos e folhas (também *xuaxalhar*).
xíbia: interjeição de irritação ou aborrecimento.
xietu: nossa terra (forma criada a partir da expressão "*ishi ietu*").
ximbicar: impelir embarcação com um bordão; remar.
xinjicar: empurrar para pôr em movimento.

zuna: corrida.

Nós, os do Makulusu – a palavra e o *outro*

RITA CHAVES

De 1967, ano em que José Luandino Vieira escreveu essa extraordinária narrativa, até o presente, muitos abalos têm sacudido Angola: o país conquistou sua independência em 1975, os conflitos armados se sucederam, em 2002 um acordo de paz foi assinado, a república tem agora o seu terceiro presidente, o projeto socialista foi abandonado, novos escritores fortaleceram o processo de formação da ficção angolana, outras formas de arte ganharam energia... A natureza e a intensidade de tantas mudanças nos levam certamente a levantar questões sobre a validade de uma nova edição no Brasil desta obra escrita no calor de uma hora tão particular na história do país e não só. Podemos começar por recordar, nesse sentido, que na década de 1960 o mundo à nossa volta vivia sob a luz de muitas utopias e olhava, com algum entusiasmo, as lutas de libertação que prometiam mais que a vitória sobre o colonialismo português e sua insistência em se prolongar na África. Mesmo no Brasil, imprensado sob mais um período ditatorial, havia réstias de esperança na resistência e na possibilidade de superar a truculência dos coturnos. Certamente pela primeira vez, do continente africano sempre visto como um espaço à parte no contexto mundial, alguns territórios emergem como focos de luz em um planeta que parecia sacudido por ideais de justiça e igualdade social.

Após quase meio século e as mudanças que ficaram a meio caminho do sonho, somos levados a pensar no significado de uma obra que nos fala da luta anticolonial e, sob o selo de uma inequívoca escolha ideológica, traz-nos as marcas de um pertencimento a um lado da cidade dividida tão bem descrita por

Frantz Fanon em seus agudos tratados sobre o colonialismo. Como explicar a capacidade que a obra revela de se manter atual em um momento tão diverso daquele em que nasceu? Para nos aproximarmos da complexidade desses tempos (daquele passado e do nosso presente), e para examinarmos as relações da literatura com a experiência histórica que a linguagem de Luandino trabalha com maestria, é que podemos percorrer com um atormentado narrador as ruas e becos de uma cidade que é bem mais que uma paisagem, que é simultaneamente um espaço e um tempo, uma espécie de quadro vivo que, nas sensações que evoca, nos traz a dor e a perplexidade de uma geração.

Quando se fala de Angola e de seu caminho em direção ao fim do colonialismo, o conceito de geração se alarga. Não se trata de um grupo definido pela faixa etária, mas pelo compromisso com um projeto, o da libertação nacional. Desde o fim dos anos de 1940, o sonho de um país livre juntou angolanos de várias idades, raças e classes, empenhados na conquista da libertação política e social, entre os quais podemos identificar aqueles que, percebendo a escrita como uma arena, procuraram fazer da literatura mais um instrumento para a transformação. Aí encontramos José Luandino Vieira, um escritor cidadão movido desde cedo pelo compromisso de associar ao sentido ético de sua luta a dimensão estética de seus textos. Seu pacto, sempre e a um só tempo, com a ordem que desejava e com a beleza em seu sentido maior, manifesta-se nesse exercício de dupla lealdade a que ele devota seu trabalho e seu talento.

O primeiro título, *A cidade e a infância*, já apontava o caminho de dois temas caríssimos que serão visitados a partir de várias perspectivas, todas elas guardando a marca da complexidade que ele soube ver nas situações que aborda. Nesse conjunto de contos, uma funda familiaridade dos narradores com os espaços em que se armam os enredos, aponta para a sua capacidade de circular por áreas da cidade que permaneciam à margem e mantinham uma certa impermeabilidade à lógica imposta, a despeito das incursões nada amigáveis da violência policial, único braço do estado a se manifestar com frequência na cidade do colonizado.

Poucos anos depois, em *A vida verdadeira de Domingos Xavier* e, principalmente, *Luuanda*, o processo de escrita de Luandino seria redimensionado na opção pela ruptura operada no domínio da linguagem. Será, todavia, nesse fabuloso *Nós, os do Makulusu*, escrito na aridez do Tarrafal (o terrível campo de concentração localizado em Cabo Verde, onde estavam presos nacionalistas que tinham ousado desafiar a opressão colonial), que as tintas da radicalidade darão nota ao projeto literário que, acompanhando as voltas e reviravoltas de Angola e do mundo, continua em curso. A condição do autor, detido e condenado a tantas formas de sujeição, torna ainda mais surpreendente o resultado de uma obra que renuncia à tentação do maniqueísmo e traz para o debate a humanização do inimigo. Não se trata de reduzir a tensão ou relativizar a dimensão do mal, mas de buscar uma reflexão mais densa sobre os embates que a História plantou naquele solo.

A morte, de que o tiro que dá início à narrativa é uma pungente metonímia, enraíza o problema da diferença de posições e dimensiona o drama, mas não dilui a necessidade de se ter em conta o lugar do angolano – esse *outro* invisível na sociedade colonial e na literatura produzida na metrópole, em cujas páginas ele não passaria de um elemento do cenário, como podemos observar em tantos títulos. Essa oclusão facilmente explicável no repertório mais afinado com as ideias do império, torna-se inquietante nos textos produzidos com o compromisso da denúncia social e coloca em debate a ausência do problema colonial e, consequentemente, dos africanos nas obras do Neorrealismo. Tal invisibilidade foi captada por Luandino que, contudo, não lança explicações superficiais, renunciando com firmeza o jogo da contraposição banal. Ao contrário, ao mergulhar nas águas fundas de um universo convulsionado deixa ver a contradição como traço dominante. Atento aos movimentos da História, ele põe em cena a dureza da experiência dos impasses da vida cortada pela guerra e pelos caminhos trilhados pelos quatro personagens que partilharam a infância nesse pedaço da cidade que o Makulusu inscreve.

Assim, os dilemas e a vivência algo surpreendente de personagens muito variados, coexistindo em mundos segmentados, não são apenas o tema, definindo-se como marcos da estrutura que nos coloca de frente para a profundidade da crise dinamicamente espelhada pela narrativa. O autor recusa-se a uma simples inversão de pontos de vista, conduzindo-nos, de modo muito produtivo, ao desafio de olhar a situação sob o signo da mobilidade, expondo, sem perder a medida do lado que é o seu, as hipóteses da diversidade que o maniqueísmo prefere banir.

Nesse movimento, recorre à sobreposição temporal e potencializa a coexistência de tradições, línguas e códigos culturais para trazer à luz a fratura que define as relações sob a dominação colonial. O desejo de ruptura que o afasta deliberadamente da norma lusitana articula-se aos gestos de aproximação com o universo marginalizado pelo poder e o resultado é a construção de uma linguagem centrada no corte, nas elipses, no ritmo de uma sintaxe que evidencia o desconcerto do mundo à volta.

Na consciência do Mais-Velho, estilhaçada pela inviabilidade de um projeto de transformação imerso em tanto sangue, está interditada a sagração de uma mitomania nacionalista, como poderíamos esperar de um livro escrito no espaço do cárcere e na certeza de uma adesão. Aqui encontramos uma das grandes qualidades desse texto: a faculdade de perceber, para além das sombras do ressentimento, os mecanismos que acionam a incomunicabilidade e impedem qualquer hipótese de porosidade entre os seres e mundos marcados por alguma diferença. Converter a diferença em desigualdade era a tônica do sistema colonial, e pode nos parecer lógico que a resposta do combate atualize a proposta de apagar ou desumanizar o diferente. Em *Nós, os do Makulusu*, porém, a diversidade preenche a narrativa e nos ensina a exercitar outros olhares diante de uma realidade cortada pela perda e pelo irrevogável da morte inerentes à guerra.

O confronto entre a década de 1960 e os nossos dias, sem dúvida, faz desfilar diante de nossos olhos um roteiro de mudanças. Se em Angola, também pela força de atores como Luandino, se pode notar a desnaturalização das barreiras raciais, que era um dos móveis da luta de libertação, sabemos que lá, como em todo o planeta, em nome de tantos deuses, sucedem-se as crises em que a recusa do Outro pode ser causa ou consequência. Os conflitos de natureza étnica em tantos países, o massacre dos refugiados na Europa, as agressões de base religiosa pelo mundo afora, os constantes ataques aos pobres no Brasil são manifestações dessa intolerância que, atentando contra a humanidade dos agredidos, exprimem a desumanidade do agressor. Diante desse panorama, somos tentados a repetir com Carlos Drummond de Andrade: "O mundo não vale o mundo, meu bem." Como uma gota contra o desalento que daí nos vem, entretanto, vale a pena ler (e reler) *Nós, os do Makulusu*, e vislumbrar no jogo desgovernado de uma obra fabulosa algum sentido para a literatura. E para a vida. E, desse modo, poderemos compreender também a validade da reedição de um livro como esse.

Trouville / São Paulo, abril de 2019.

RITA CHAVES
Professora de Literaturas Africanas de Língua Portuguesa do Depto. de Letras Clássicas e Vernáculas (FFLCH-USP) e pesquisadora do CELP-FFLCH-USP (Centro de Estudos das Literaturas e Culturas de Língua Portuguesa – FFLCH-USP).

O autor

JOSÉ VIEIRA MATEUS DA GRAÇA, nome literário **JOSÉ LUANDINO VIEIRA**, nasceu em 4 de maio de 1935, na Lagoa do Furadouro, em Ourém, Portugal. Passou a infância e a juventude em Luanda, Angola, onde fez os estudos primários e secundários. É cidadão angolano por sua militância pela independência de Angola.

Como membro do MPLA (Movimento Popular de Libertação de Angola), Luandino Vieira participou da luta armada de resistência contra Portugal, o que fez com que fosse preso várias vezes pela PIDE (Polícia Internacional e de Defesa do Estado), a polícia portuguesa, e condenado a 14 anos de prisão.

Em 1964, foi transferido para o Campo de Concentração do Tarrafal, na ilha de Santiago, arquipélago de Cabo Verde, onde passou 8 anos. Lá escreveu muitos de seus livros, dentre eles o *Nós, os do Makusulu*, publicado só em 1974.

Em 1965, recebeu, por seu livro *Luuanda*, o Grande Prémio de Novelística, da Sociedade Portuguesa de Escritores. A censura portuguesa proibiu qualquer referência ao prêmio, e a Sociedade foi extinta naquele mesmo ano.

Em 1972, foi libertado em regime de residência vigiada em Lisboa. Iniciou, então, a publicação da sua obra, grande parte escrita na prisão.

Regressou a Angola em 1975, após a Independência do país, agora denominado República Popular de Angola. De 1975 a 1979, foi Diretor do Departamento de Orientação Revolucionária do MPLA. Foi responsável pelo Instituto Angolano de Cinema (1979-1984). É cofundador da União dos Escritores Angolanos, de que foi secretário-geral (1975-1980 e 1985-1992). Foi secretário-geral adjunto da Associação dos Escritores Afro-Asiáticos (1979-1984) e é membro da Academia Angolana de Letras. Atualmente, vive em Portugal, para onde retornou em 1992.

Obras

1957 – *A cidade e a infância*
1961 – *A vida verdadeira de Domingos Xavier*
1961 – *Duas histórias de pequenos burgueses*
1963 – *Luuanda*
1968 – *Vidas novas*
1974 – *Velhas histórias*
1974 – *Duas histórias*
1974 – *No antigamente, na vida*
1974 – *Nós, os do Makulusu*
1978 – *Macandumba*
1979 – *João Vêncio. Os seus amores*
1981 – *Lourentinho, Dona Antónia de Sousa Neto & eu*
1986 – *História da baciazinha de Quitaba*
1998 – *Kapapa: pássaros e peixes*
2003 – *Nosso Musseque*
2006 – *A guerra dos fazedores de chuva com os caçadores de nuvens. Guerra para crianças*
2006 – *O livro dos rios* (vol. I da trilogia *De rios velhos e guerrilheiros*)
2012 – *O livro dos guerrilheiros* (vol. II da trilogia *De rios velhos e guerrilheiros*)
2015 – *Papéis da prisão*

Prêmios

1961 – 1º prémio do Conto da Sociedade Cultural de Angola – Luanda, Angola.

1962 – 1º prémio *João Dias* da Casa dos Estudantes do Império – Lisboa, Portugal.

1963 – 1º e 2º prémios do Conto da Associação dos Naturais de Angola – Luanda, Angola.

1964 – 1º prémio *D. Maria José Abrantes Mota Veiga* – Luanda, Angola (pelo livro *Luuanda*, de 1963).

1965 – 1º Grande Prémio de Novelística, da Sociedade Portuguesa de Escritores – Lisboa, Portugal (pelo livro *Luuanda*, de 1963).

2006 – Prémio Camões. (recusado pelo autor)

2008 – Prémio Nacional de Cultura e Artes – Luanda, Angola.

fontes	Gandhi Serif (Librerias Gandhi)
	Montserrat (Julieta Ulanovsky)
papel	Pólen Soft 80 g/m²
impressão	BMF Gráfica